JN106274

Parade Books

もくじ／

# 第一章／吉川誠治が内弟子志願

　思えば確かに、かなり緊張してはいたものの、心はノリが利いた新品ワイシャツのようにピンと張り、実にシャキッと引き締まり、爽やかな心持ちではあった。宵の間が放射冷却に覆われていたせいもあろうか、若干の肌寒さを身に感じはしたものの、秋晴れの清々しい空気が当然自分に味方してくれていると、一方的に確信していた……。

　吉川誠治、当年二十八歳。駅前のビジネスホテルで一晩考え心の矛先をしかと定め直して、インターホンを押し鳴らすことにした。その矛先の相手とは、井上幹夫、四十六歳。吉川誠治が心から尊敬して、これから先師事しようと決意し胸踊らせている、当代きっての人気小説家である。

　ピンポーンと響いた後、しばらくして生温い返事が戻って来る。

「あ、ああ……。ナベヤキの長寿庵さんね」

トロンと眠たそうなその声の響きには、よそ行きの雰囲気など、カケラも感じ取れなかった。

「ちょ、長寿庵さん……」

「そこのドンブリ、下げといてよね。ちゃんと洗ってあるから」

「あの……。井上幹夫先生……。ホントに、井上幹夫先生でしょうか？」

「そうだよ」

「ホントに、ホントに、井上幹夫先生……」

「そうですよ、そうですよ。私、井上幹夫ですよ。あんた、ソバ屋のお兄ちゃんじゃないの？」

吉川は、このけだるそうな声質のインターホンの相手が本当に、あの新進気鋭で、老若男女を問わず支持者のすこぶる多い小説家、井上幹夫なのかと耳を疑った。

「私は、吉川、吉川誠治と申します」

「吉川さんねえ……。借金あったかな、はればれライクとか、アエフル」

「違います、違います」

「じゃあ、何？」

井上は、吉川が何か話しかけなければ、今にもまたその場に眠り込んでしまいそうな、大きなあくびのうねりの気配を、そのインターホン越しに漂わせた。今流行りのカメラで相手が確認出来る、ごくごく普通のインターホンであるからして、吉川のネクタイ姿は、しっかりと視認している筈なのではあるが……。

「突然に伺い、マコトに、マコトに恐縮です」

「ホントだよ。日曜の朝だろ、確か」

「確か……、ですか？」

「こっちはまだ、ガウン姿で夢の中なんだよ。君が私を起こす間際までは、ウツラウツラの良い気分だったんだからねえ」

考えてもみれば、その頃の吉川誠治は、自分の頭の中にある自身の生活時計を柱に行動していた。そしてずっと会社員として過ごして来た生活者にとってみれば、午前十一時は、朝の部類には到底属す類いの時刻ではなかった。当然、おはようございます、よりも、こんにちは、だった。

「ホントに恐縮です」

「何が恐縮だよ。伝説のリポーター、ナシモトみたいなことを言っちゃってさ。で、用件は？　借金じゃなければ強制訪問販売？」

ナシモトというヒトが、何処の誰だかあまりピンと来なかったが、とにかく吉川の方は、井上幹夫が多分きっと恐らくおおよそ、つき合い等で前の晩に酒を好きなだけ煽った末、それが充分に抜けきれていないに違いないのでは、と推察していた。

「あの……、井上先生。ちなみに強制訪問販売と、申しますと？」

「ちまたでは略して、押し売りとも言うけど」

「押し売り……。違います、違います」

吉川誠治は、自分の身分と目的を相手にちゃんと知って貰おうと、必死になって壁の四角い小箱に向かって言葉を吹き込んだ。

「私は、井上幹夫先生の小説やエッセイの熱狂的なファンでありまして、井上先生のお話を伺いにはるばると……」

「何！　はるばると！」

何故かそこだけヤケに鋭く反応し返すなり、インターホンの相手は突然フシを付けて歌い出し、吉川を驚かせた。

「♪来たぜ函館〜、から来たのだったら、喜んでお会いしよう」

「そんなのは、無理と無茶の難題二段重ね、ってなモノですよ。私はサブチャンみたいな北海道民ではなくて、郷里は四国の香川県なんですから」

「それじゃ、サラバだ」

「そ、そんな……。サラバだ、なんて……」

吉川は焦った。自分が将来の師匠と崇め尊敬している井上幹夫が、実際にインターホンに出て喋ってくれているのだ。こんな絶好のチャンスをミスミス逃すという事自体、意を決して上京して来た吉川誠治にとっては、絶対にあってはならぬことであった。

「先生、ちょっと待ってください。私のこの熱い熱い胸の情熱を無下に無理矢理、木端微塵に打ち砕いて、頭ごなしに却下なさるおつもりですか？」

「大げさな表現だねえ。熱狂的なファンとか何とか言っちゃって、ホントは君、アサヨミ新聞とかニチニチ新聞の、勧誘じゃないのかい？」

またまた同じことを話さねばならないのかと、吉川は思わずため息を一つ、こぼした。

「時々いるんだよ。お届けものです、ってドアを開けさせてねえ、タオルくれてね。結局しまいに、新聞を取ってくれって」

「そんな姑息な奴と私とは、姿勢が根本的に違います」

「それじゃ、何？　スポーツ紙？　夕刊紙？　そうか。週刊誌も考えられる、か……。週刊現春だろ？　洗剤だけ貰っとこうか」

「先生、何度言えば解っていただけるんでしょう。私は井上幹夫先生の作品の、熱心な熱心な、それはそれはもう、チョー熱心なファンなんです」

「モウ、チョー？」

「違います。チョー……。かなり本当に大変にすこぶる非常に熱心な、井上先生の作品のファンであるんでありまする」

言っている本人が、何がなんだか解らなくなっていた。

「君、それはホントかね？」

井上の言葉遣いが少し正気になって来た。眠気が去ったか酔いがさめたかしたのだろうと、吉川には感じ取れた。

「本当です、本当です」

吉川はここで、頭がしっかり目覚め出した井上に対して、取って置きの作戦を持ち出そうと意を決した。ここは押しの一手だった。

「井上先生が原案をお作りになってCM出演も果たしていらっしゃる、津山写真工業大阪事業所の宣伝担当からも、なな、何と私、紹介状を貰って参りました」

「何！　津山写真の紹介状！　一体君はどういう人なの？」

これで完全に井上幹夫の目が覚め、心がシャキッと引き締まったなと、吉川は確信していた。

緑茶をすすりながら垣間見る井上幹夫の表情は、あまり穏やかには見えなかった。その表情が茶シブで苦み走っているのではないことは、吉川誠治にも重々理解出来ていた。しかしそのシブ顔に甘んじて、ここで安易に妥協して引き下がったら、もう二度と尊敬する井上幹夫には会えないかも知れぬと、その時の吉川は感じ取っていた。従って井上がどのように言おうとも、何とか丸め込んで弟子入りさせて貰うしか、そこから先の道を進めて行く術はなかったのである。

「とにかくねえ、紀州奈良鉄道、通称『ならてつ』関連のエッセイ締め切りが迫っているんだよ。ねっ、ねっ。私には時間がないのさ」

井上が、シブい原因は締め切りがあるからなのだ、と言い始めた。これは本当なのかも知れないなと、吉川も同情心を抱きはしたものの……。さは、さりながら……。

「お話を少し位はいいじゃありませんか、井上先生。こうして、応接間にも通してくださったことだし、同じ津山写真工業の関係者なんだし」

「関係者って、君、勝手にねえ」

「違いますか？　一応私は津山写真の元従業員。そして井上先生は、その津山写真工業の人気ＣＭ出演者ですから、繋がりというか絆はガッチリしっかりしていますよねえ」

「物は言いようという訳か。絆、ねえ……」

津山の元従業員ということで紹介状に目を通した後、井上が特別に応接間に上げてくれたのだということは、吉川にも重々解っていた。コネがうまく利いた、ということになる。

「それで吉川さんは、どうして脱サラなんかに走っちゃったの」

初めての質問は脱サラの理由か、と、その際の吉川は多少失意した。しかし転じて、どんな問いであろうとも、自分に興味を持ってくれたということは一歩前進かなと、良い方向に良い方向にと考えを巡らせていた。

「毎日毎日、同じ生活の繰り返し、及びそれらの再現ビデオとＤＶＤでした。きちんとサラリーを貰って、きちんと家族持ちになって、きちんと優等生の人生を送って……。何でもかんでも、きちんときちんときちんとって、自分で自分を縛り上げて……」

吉川の心が、湿りそうになった。しかしそこはグッと腹に力を入れて、涙だけは堪えた。吉川誠治は自分を振り返って、遭遇した様々な場面を思い描きながら答えていた。しかしそれらの場面場面は、やはりそれぞれが吉川にとっては、乾燥した機械的な繰り返しの一コマずつでしかなかったのではないか、と感じていた。

「そうか。君、自分を縛ることが好きなのか。自分を縛り上げてって……。君、ホントにシバる趣味があるの？　あれって痛いだろう、君」

聞いていた吉川は、一転してコケそうになった。

「縛る、って……。そういう意味では、ありません！」

「そんなに目クジラを立てるなよ。冗談だよ、冗談。そうか、君。すべてがキッチリと整っているということに、ギブアップ完璧な飽き飽き」

始まった！　いよいよ井上幹夫独特の面白く印象的なフレイズが、顔を見せ始めた。それを聞いて吉川誠治は自分の過去はさて置いて、俄然嬉しくなって来た。

「さすが井上先生。ギブアップ完璧な飽き飽き、ですか。メモしておかなくっちゃ」

だがその一方で、手帳に視線を落とす吉川に向かって、井上はいささか、クールに冷めていた。

「でもねえ。されどしかるに吉川さん、だよ。人生ってねえ、そんなモンだよ本当に。同じことの繰り返しが基本根本基礎土台なんだから。二十八なんだろ、君は。これからじゃないの」

「井上先生のような独創的個性的、そしてそれらに裏打ちされた芸術的な生き方も、この上なく御立派だと思います」

「安易安直に言葉を並べるよねえ。それじゃあ僕が、きちんとした生活から程の遠い山の中の仙人風情じゃないか」

もっとも井上幹夫はというと、吉川の、それら言葉言葉に対して怒っているのではなく、どちらかと言えば楽しんでいるふうではあった。

「井上先生は小説家エッセイストとして、堅実に実績を残していらっしゃるじゃ、ありませんか」

「堅実に、は、ちょっといささかオーバーコートだけれどね」

事実、井上幹夫の短編小説やエッセイは暖かで心をすこぶる動かされると、各界の著名人からも賛美の評価を受けていた。その本質となる主流の源が、いったい何処から湧き出て来るのだろう、という疑問が、吉川誠治を弟子入りの行動へと奮い立たせたエネルギーだった。

「軽談社文庫の『笑顔よ永久に美しく』という作品。あれはお見事でした」

「おぉ、おぉ。君、知っているのか、エガトワ、を」

読者の間で、『笑顔よ永久に美しく』をエガトワ、エガトワ、と略して言う流行りを、作者の井上幹夫自身がマネて用いているのだ。

「エガトワ、知っておりますよ。それはファンなら勿論当然ですよ」

「確かにあれは、手前味噌だけど名名作作。フツフツグツツと、よぉく煮詰まっていたよねえ」

それは、カモメと子供が中心に居座って話が展開して行くという、一見風変わりな大人の心の中の童話の世界……。そういう雰囲気を持ち合わせた短編だった。

心をその作品にドップリと委ねて、ウットリと浸ってしまった際の気分を思い起こしながら、吉川誠治は井上幹夫に向かって、さらに言い進めた。

「現実を忘れさせてくれる、言葉達の心地良い響きの連続……」

「どうせ……。どうせ……。僕の作品は現実離れした絵空事ですよ」

ちょっとイジケてそう言った井上の表情を見て、吉川誠治は慌てた。

「そ、そんな……。絵空事だなんて」

「だって、君。そう思っているんだろ。顔に、そうだって書いてあるぞ」

「現実の社会から、自分の心持ちを切り離してくれる、何と言うのか、心地よい言葉の魅力と美しさを感じる、という、一種の比喩じゃありませんか、井上先生」

井上は、一つ一つを真面目に応答する吉川に迎合したのか、自らの腕時計を気にすることも、殆どなくなっていた。片やそれに気づいた吉川は、締め切りはそんなに切迫していないのかも知れないな、と勝手に推察していた。

「現実の作家生活というのはね、トゲにイバラに錨にクギ。そんな険しい上り坂の連続なんだよ、君」

「承知しております」

「マラソンのメダルレジェンド、QQちゃんだって、終盤の急な上り坂で失速しただろ」

かなり以前の出来事ではあるが、井上には忘れられぬ、非常に印象深い出来事だったのだろう。

「マラソンのＱＱちゃんはともかくですよ、井上先生。私はそれでも、モノ書きの勉強を、井上先生の下でやってみようと決意したんです」

井上幹夫は茶をすすることで一拍、間を取った。片や吉川は、緊張がピークに達する。と突然、井上が、プッと放屁した。しかしその当事者井上を見ると、表情をカケラも変えはしない。一方の吉川はと言えば、虚をつかれガクッと緊張の糸が切れはしたものの、急ぎ体勢を整えて、やはり何もなかったかのように、真剣に井上に接し続けた。しかしながら、少々周辺の空気は淀んでいた……。

「確かに君が何を決意しようと、それは君の心の中の自由な世界だよ」

これは門が開いたか、と吉川は瞬間、心を踊らせた。

「弟子にしてくださるんですか？」

「それはねえ。それはそれは、別のお話」

吉川誠治は急降下にうちしぼんだ。しかし、ここでヘコ垂れる訳には行かないのが、彼の置かれている身分と立場なのである。

「どうして君ねえ、自分が小説やエッセイの世界に向いているって解るの」

「とにかく私は真向好きなんですよ、書くことが」

すると突然井上幹夫は、湯呑みのすぐ脇に置いてあった、吉川が用意して来た一口羊羹を、パクッと口に持って行った。

「いけるね、この羊羹」

話をうまいタイミングでソラす井上に、吉川は再びコケそうになったが、その相手を観察することだけは止めなかった。前日、東京駅の土産物店で購入した、名の知れた老舗「東京若華(わかはな)」の一口羊羹の詰め合わせが、ここで役に立ったなと考えつつ、吉川もツマヨウジで一口、味わった。

「舌に乗せれば、解るこの味この風味」

「はっ、はい。メモしておかなくっちゃ」

ワンフレイズを口にした井上幹夫に呼応して、吉川誠治は慌ててメモした。こうやっていつも言葉を頭の中で遊ばせ転がして、文章を編み出しているのだろうか？　吉川は改めて、井上の才能に尊敬の念を浮かべていた。

「こんな具合に、ならてつのエッセイのサブタイトル……。ピカピカのいいやつが、ズズズィっと出て来ないモンかねえ、ズズズィっと」

「頑張ってください、井上先生」

「カメラ会社の技術屋だった人がねえ……」

また井上の話が飛んだ。吉川は、ちょうどバレーボールのゲームで、相手のサーブに合わせてレシーブをする、リベロのような気分であった。

「今ではあの会社、手広くコピーやスマホやオモチャにドローン。化粧品もだろ？　大会社の技術屋の方が、ずっと格段に大幅に良かったんじゃないのかい？」

「私は、雰囲気に誘われて入社しただけなんです。津山は知名度の高い会社ですから。でも、私は技術者としては、まぎれもなくB級でしたから」

吉川は大学は理学部で物理学を学び、同時に通信教育で広告文案を勉強。卒業もしている。さらに大学院では再び、物理学で液晶関連を学んだ。広告文案を学んだのは、もちろん興味心からだが、テレビ受像機などに応用されている液晶を、もっと平たい言葉で世に広められれば、という気持ちがあったからだ。元来文案作りや作文は得意の部類範疇(はんちゅう)に属してはいたが、高校から大学受験にかけて、吉川の興味心が、物の本質に理屈をつける物理学の方面に大きくシフトし、傾いて行ったのだ。そして学部での四年間が過ぎ大学院を終え、さらに大学に残ろうか就職しようかと悩んだ挙げ句、入社面接で内定が出た津山写真工業に、技術職として就職した。つまり、就職の方が早々と決まったから、社会人になった、という安易安直で無責任な決定方法だった。後に吉川誠治本人も、その安易さに呆れ反省もしている。自分が本当にやりたいこととは、一体何なのか。確かに物理も面白いが、言葉の世界で物を創作する方が、自分にはピッタリと、はまっているのではないだろうか？　そう考え出したのが入社三年目の秋。全国液晶学会などというたいそうな学会に出席することを、上司に依頼されるようになってからであった。このままずっと地道にやって行けば、そこそこの技術者にもなれるだろうし、会社や周囲にも迷惑を掛けずに済むのだろう。しかしこのままでいいのか。このままでいいのだろうか……。本当にこれが自分の人生だと、胸を張って言えるのだろうか。一体、誰の人生なんだろうか？　……そう考えての転職の決断だった。自分はやはり書くことが好きなのだと、吉川は感じていたのだ。心から……。

そして半年ほど前、幸運にも同人誌主催の短編小説コンテストで佳作を受賞し、新聞にも写真が掲載され紹介された。もちろん、直接の審査員ではなかった井上幹夫が、そんな吉川誠治に面識を持つ由もない。だが万が一、もしかしたら井上が吉川の履歴を、カケラでも知ってくれているかも知れない、というような淡い下心は持ち合わせていた……。

「まあ、津山写真が紹介状を書いてくれたんだから、真面目な技術屋さんではあったんでしょうなあ」

「こちらもどうぞ、ご覧ください。同人誌『あけぼの』の推薦状です」

吉川誠治の短編を評価してくれた「あけぼの同人会」が、推薦状をしたためてくれたのだった。

「立派だねえ吉川君。ご立派ご立派。尊敬しちゃうよ、君」

井上幹夫は吉川の書類に視線を落しながら、そう言った。

「あ、ありがとうございます」

しかし、そこで井上の声調は一変する。

「だがねえ、小説は真面目だからって書けるとは限らんのだよ、君」

ああっ、これはまずいなと吉川も変化した。

「どうかどうか、先生、お願いいたします。私を何とか内弟子に」

「ホント、津山写真の技術屋の方が、ずっと心穏やか和やかに人生出来たと思うよ」

吉川は、井上幹夫が話をご破算にしようとしているなと考え、今度は自分から話題を変えに行った。

「うち……。い、いいえ。津山写真工業と言えば例のＣＭで、井上先生、話題沸騰持ち切り状態じゃありませんか」

うまく路線を変更することが出来……。

「ああ、あれね。あれをきっかけにしてさ、最近テレビ出演の機会が右肩上がりに増えちゃってね」

井上幹夫はそう言ったが、元来、インタビュー番組やらバラエティー等に多数出演していた井上に、津山写真工業がキャラクターとして目を付け白羽の矢を立て、抜擢したというのが本当のいきさつだった。

「露天風呂で先生が、新製品の完全完璧防水カメラ『ミズオッケー』。あれを向けた女性にハリセン攻撃を受ける、あのCMの作り。印象的だし面白いし、インパクトを感じておりました」

「あれは、ハリセンのカドが何度もぶつかって痛かった、って、そんなことはどうでもいいんだよ、君」

「井上先生が御自分でおっしゃっているんじゃ、ありませんか」

「私はねえ、君が忍耐強く辛抱強く物書きの世界で生き残れるかは、はなはだ疑問だよと言いたいんだ」

井上が本筋に戻ってしまった。この際、吉川誠治には恥も外聞もなかった。じゅうたんの上に正座した後、頭を下げ、土下座状態で井上幹夫に最後のお願いを続けた。そして、それでも駄目だったなら泣き落とし作戦に移行しようと考えていた。

「お願いします。なんとか私を先生の内弟子に……」

「だからねえ、紀州奈良鉄道、通称『ならてつ』の締め切りが……」

「私だって会社は勢い良く飛び出しちゃったし、郷里にだって世話になるよと出戻ることなど、そんなのは出来ぬ相談で、ままならず……。四国の実家は兄が所帯を持って継いでいるんです。このままじゃこのままじゃ、私は童話の家なき子」

「何が家なき子だよ。全部そっちの都合じゃないの」

「そうです」

吉川がついついうなずき、反射的に応答してしまった「そうです」に、今度は井上幹夫の方がコケそうになった。

「……ったく。はっきり言う人だねえ。この一軒家にヤモメマンなんだよ、私は」

「ヤモメマン……。メモしておかなくっちゃ」

「そんなの、どうでもいいだろ」

確か家族持ちの筈だと、吉川は「週刊現在」か「週刊現春」のインタビュー記事を思い出していた。さらに記憶を紐解いて行くと、井上は弟子やアシスタントを雇うことが滅法嫌いで、全部家族に丸投げ任せきりと、記事の中で人ごとみたいに語っていた。しかし……、しかるに……。そう言えば日曜日の朝だというのに、井上は一人カヤの外ならぬ、「カヤの中」なのである。

「井上先生には奥様と確か…、お嬢様が……」

「事情が二乗に重なってね」

「事情と、数学の二乗の掛け言葉ですか」

こういう言葉の絡み合わせの相乗効果で、その場を取り持ったり話題を変えたりソラしたりウッチャッたりするんだなと、再び吉川誠治は、勝手に分析していた。

「数学だろうが掛け言葉だろうが、そんなことはどうでもいいでしょう」

「いいえそんな……。めめ、滅相もない。井上先生の貴重なお言葉です。メモしておかなくっちゃ」

「そういうトコがねえ、コテコテチャンチキの堅くて喰えない技術屋……。これはこれは、失敬した。…まあいいや。そんなことは後回しだ。君ねえ、食事の準備だって出来ん相談でしょうが」

吉川は、井上がやはり現在一人住いなのだと、この時はっきりと確信した。

「井上先生、食事なら任せてください。津山写真の社員寮では、夜食料理人の吉川誠治、通称シェフ吉川で通っていましたから」

社員寮ではよく、自室で鉄板焼き肉パーティーをやって同僚を楽しませていた。しかしその一方で温度検知センサーが働いて、警報を鳴らしてしまったことも数回。技術屋らしく排気ダクトを作ってセンサーに熱気が伝わらぬよう、部屋に煙が籠もらぬように配慮してはいたものの、それも何度かは失敗したということになる。そしてそんなこんなで、改訂版入寮規則集に「自室での鉄板焼きは禁止」という、特設の一項目が追加されてしまった……。

「何がシェフ吉川だよ。そんなねえ、君……」

「食事は何とかいたしますから。先生、とにかく私を内弟子に」

「僕はねえ、内弟子なんてそういうのは、やっていないの。それよりもねえ、ならてつのエッセイ締め切りの方が、つとに重要なの。君ねえ、これは僕にとってさ、最重要かつ最重大の問題で関心事なんだよ」

吉川誠治は、押して押して押しまくるしかないと徹した。

「無下にそんなことを言わないでくださいよ、井上先生。何でもお手伝いいたしますから」

「君に何が出来る。駄目、駄目。弟子なんか採らないよ。絶対に、絶対に、絶対に、採らないよ」

＊＊

自宅兼用となっている井上幹夫事務所の机上の電話が、けたたましい悲鳴を上げた。そして、そのベル音を押し鎮めたのは、どういう訳だか、あの内弟子志願を断られた筈の吉川誠治である。

「はいはい。こちらは井上幹夫事務所でございます」

吉川のその返答は、やけに気取った作り口調だった。前の日井上は、つまるところ結局、突然に訪れた「香車の駒」の吉川誠治に一方的に言い寄られ、その後あっさり、解った、と一言口を割り土俵を割り、再び自室のフトンに潜ってしまったのであった。そして吉川の方はと言えば、ルンルン気分で井上の居室兼仕事場の掃除に終始して一日経ち、井上は突然の外出。吉川は吉川で指示通りに机に向かっての留守番電話番、と相成っている次第なのだ。

「井上は、ただ今外出中ですが……。今日打ち合わせで明日が本番ですか？　存じませんでしたが。……私？　誰？　はい。初めまして。あの…、通報しないでください。空き巣や強盗ではありませんから御安心を。井上の内弟子で吉川、吉川、吉川誠治と申します。……はは、はい。承知しました。折り返し電話連絡するよう、井上に伝えますので。東都放送制作部の広瀬雅代ディレクター様ですね。……失礼いたします」

受話器を置いた吉川は、すぐさま焦って井上の携帯ナンバーをプッシュしたが、井上はスイッチを切っているらしく、不通となっている……。と言うか井上は、ずっと携帯を不通にしたまま、ただ持っているだけの状態なのだ。つまり、必要があれば電話を掛けることはするのだが、何故だか掛かって来る電話には出ない人なのである。

「井上先生が『マル秘スター隠し技』に出演する？　何が、ならてつのエッセイ締め切りに間に合わない、だよ」

　吉川がブツブツブチブチグチグチ、文句を口にしているうちに、玄関のドアが開き井上が戻って来た。奥にいた吉川は、それでも小声でグチりまくっていた。

「何処で油売りをしていたんですかねえ。井上先生！」

　間髪を入れずに一刻も早く、東都放送に電話を入れて貰いたいと、吉川誠治は、焦りに焦っていた。そもそも、内弟子に決まって二日目に早くも、吉川一人を留守番させるなんて、余りにズサンと言うか、無用心と言うか……。いやいや、その辺が芸術家の真髄なのかな、とかいろんな考えを頭に駆け巡らせていた。


　井上幹夫は帰宅後すぐに取り付くシマもなく、ステレオのリモコンに手を伸ばした。ジャズやオーケストラのポピュラーＢＧＭが気に入りの様子である。気分転換には音楽が一番だと、ステレオを暇さえあれば活用するタイプなのだ。防音設備が整っている安心設計の一戸建てだからこそ許される、そんな趣味の世界ではあるのだが、寮生活の経験がありヘッドホンの愛好家であった吉川誠治には、そんな井上幹夫の大音響好きの心理状態までは、すぐには理解同調することが出来なかった。

「先生、パチンコ屋じゃないんですから、音を少し絞って聴いてください」

「スーパーニューセントラル駅前南口店。今日は奥から三番目が良く出るぞ」

「ならてつ」の締め切りはどうなったんだと言いたかったが、パチンコの盤面を見つめながら文案を作りあげようとしていたのかも知れず、吉川は充分に言いたいだけの文句も口には出せず、悶々鬱々としていた。

「そうだった。井上先生、そんなことを言っている場合じゃありませんよ。テレビ局で打ち合わせだったんでしょう?」

吉川の表情を見て、さすがの井上もステレオの音を絞った。

「テレビの仕事ねえ……。あったかな。総合通信販売のゲストだったかな。包丁だっけ?それともフトン圧縮袋……。そうじゃないな。掃除機『セイソウ君』か、鉄壁ヤパネットアイロン……。モドラーズか?」

「忘れちゃって……。違いますよ。東都放送の広瀬雅代ディレクター様が、打ち合わせでの無法で理不尽な先生のドタキャン、今度が二度目だって怒りで唸っていましたよ」

井上幹夫は、マスコミとりわけテレビの仕事に対して、考えられないほどズサンだった。

特に二カ月ほど前からは一人暮しになり、スケジュールの管理が、まったく野放しやり放題の状態になってしまっていたのである。どうしてこんなに時間にルーズな人を、テレビ局は無理矢理タレントとして起用するのかなあと、いきさつを詳しく知らぬ吉川は、首を相当角度、かしげて考えざるをえなかった。

「そうだそうだ。そうだよ。『料理王国』の収録だろ」

「違いますよ。『マル秘スター隠し技』の方です」

「そうだったかな」

一応、自分のスケジュール手帳にはメモしてあるのだが、それも、※※局に午後、とか、〇〇さんと夕方面会、とか、その程度しか井上は記入していないのである。

「どうして井上先生が、『マル秘スター隠し技』なんですか？」

「いいじゃないの、いいじゃないの。何でもいいから、うまくやっといてよ」

吉川誠治は、それまで自分が住んでいた世界とのギャップ、作品を読んで自分が思い描いて来た井上幹夫像との、無視して過ぎることの出来ぬ大きなギャップに苦しんでいた。会社員時代は、まずをもって時間厳守が第一。そしてアポイント優先。時間を守ることから仕事は始まる。さらに、仕事は納期。納期のない仕事は仕事とは言わない。……そんな世間一般の常識の中で、吉川は真っ直ぐに泳いで来た。しかし井上幹夫の世界では、それらが全くからきし全然カケラも通じない絵空事なのか。また井上の周辺では、そんな井上を本当にちゃんと認めているのだろうか？　吉川誠治は、はなはだ疑問であった。もしもこんな状態の井上幹夫を周辺が許諾しているのであれば、それには何か深い深ぁい理由があるに違いないなとも感じていた。

「お言葉ですが、うまくやらなきゃいけないのは、井上先生の方ではありませんか。テレビなんかに関わっていても、いいんですか？　ならてつの方はどうなさるんですか？　文筆活動が本業でいらっしゃいますよねえ、井上先生」

「そっちも締め切りを伸ばして貰えるように、うまくまあるく、やっといて」

丸投げである。吉川は呆れて物も言えなかった。そして嘆きの言葉が、口元から自然に漏れ出て来た。

「どうして自分が内弟子になって早々、こんなに心配して苦悩しなくちゃならないんだろうなあ」

吉川の、それら愚痴めいた独り言が、井上の耳元にはしっかりと届いていた。

「よく言うよ、吉川君。君が好んで無理矢理強引にネジ込んで、私の事務所に居座ったんじゃないいか。こうなったら当然、相応の仕事をして貰わなくっちゃな。悩んで当然当たり前。君は自称、天才井上幹夫の弟子なんだろ。自覚したまえ。覚悟したまえよ」

吉川の頭の中は混乱して、反論する術を持たなかった。しかし、井上の言うことも当たっている部分があるなとは感じていた。何せ無理矢理強引一方的に居座ったのは、確かに吉川誠治の方に間違いないのであるから。

第二章／

# 元の同僚、美代との再会

　井上所有の車は地下のガレージに二台あり、そのうちの一台は、新車で購入した外車だった。しかしそれは外国製高級車とは思えないほど、無残に荒れ果てていた。黒塗りなのに、埃で黄土色茶褐色に変色して見える。そして内部には週刊誌や文庫本、新聞などが散乱し、どういう訳だかタオルと洗面器が、後部座席のシート上にヒョコナンと乗っかっているのだ。とにかくしばらく使用していなかったことだけは確実だ。だから吉川は、大まかな片づけを施してからシートの空間を確保。そしてエンジンとバッテリーの状態を確認し、その後井上本人を後部座席に押し込んだ後、最寄りの自動洗車場に寄って取り敢えず見栄えを良くしてから、放送局への最短経路を選んだのであった。

「車の調子だけは、いいようですね。バッテリーも上がらないように配線を外していたようですし」

「あのねえ、そんなのは当たり前なんだよ、君。私のパンツじゃない、ベンツに不可能はない」

「そんなダジャレを言っている場合ですか、井上先生。昨日の打ち合せもなしにして、反故にして……。ブッツケじゃありませんか。本当に大丈夫なんでしょうねえ」

「まあ、何とかなるだろ」

「そりゃもう、『交通事情で万が一遅れたら、どうかご容赦を』と、連絡だけはもうすでに前もって入れておきましたけれど。まさか車の準備で手間取るなんて……」

車があるから大丈夫、という井上の言葉に安心していたら、その地下ガレージにある車の内部が、荒れ果てた物置き小屋状態だった、という訳なのだ。仕方がないからタクシーを呼びましょうと進言すれば、今度は、それは待たれよ、事務所の経費の切り詰めが優先だ、などと、まったく本人の私生活とは不似合いなセリフを吐いて困らせる御仁なのである。

「とにかく車の整備はよくやった。さすが私の、無理矢理押しかけにわか内弟子だけのことはあるな」

「無理矢理押しかけにわか内弟子、ですか。メモしとかなくっちゃ」

「メ、メモはしなくていい！」

いつもはのんびり、ウラナリみたいな井上が、その時ばかりは焦って言い返した。

「ハンドルから、手を離しちゃいかんぞ、君。衝突防止機能なんて付いてないぞ」

「解っておりますよ、そんなことは」

井上先生じゃないんですから、と付け加えようとしたが、そこは吉川の理性が制した。

「後でメモしなくっちゃ、という意味に決まっていますよ」

それよりも放送収録本番の方は、本当に、本当に大丈夫なのかなと、ハンドルを握りながら吉川誠治は、そちらの方にますます不安がつのっていた。

「番組スポンサーの西洋鉄道。君、知っているよね」

「はい。私は学生時代に、西洋鉄道の沿線に住んでいましたから。それが何か？」

すると突然、井上が「♪かいさつぐちで〜、きみのことぉ〜」と歌い出した。

「それは確か……。最近よく思い出のメロディーなんかで聞く、ノグチゴロウの『私鉄沿線』……。合ってますね。確かに私の下宿先が、私鉄の沿線でした」

いまだにカラオケなどでよく歌われる、平成を飛び越した昭和の名曲である。吉川誠治は、良い曲だがやや古いなと内心思いつつ、井上の言葉を待った。

「『私鉄沿線』を知っている位なら、君、今年上期の西洋鉄道のヒットＣＭ。ちゃんと頭にしっかりと、刻み込んでいるだろうね」

そう言えば、その西洋鉄道のＣＭのＢＧＭに、「私鉄沿線」がリバイバル風に採用されていた。しかし、どうして井上が、そんなに西洋鉄道にこだわるのかが解らなかった。……とは言うものの吉川は、とりあえず持っている知識を披露吐露した。

「メインコピーが、『みんな胸躍らせて、その土地の笑顔に』っていう『私鉄沿線』がBGMのCMは、確かに知っておりますが……。テレビで流れて評判でしたね」

吉川がそう言うと井上は、鼻高々に自慢話を、それこそ吐露し出した。

「気づいてないね、君、君、吉川君」

「気づいてない、って。えっ？　えっ？　もしかしたら井上先生の……」

吉川は知らなかった。

「スポンサーに普段貢献しているんだもの。今日だってさ、多少の遅れは大目に見てくれるだろ」

「あのコピーは先生の作品でしたか」

井上幹夫は自慢げに、上半身を少し反らしながらうなずいた。

「そうそう、その通りのメインストリート。原案は何を隠そう、この私だからねえ。そもそも私の小説のサブタイトルだったんだよ、あのクダリは」

「先生は広告コピー業界にも……。そうでしたか。うかつにも気づきませんでした」

西洋鉄道が冠スポンサーに付いている対談番組に出演したのがきっかけで、西洋鉄道の広告文案を考えることになったのだという。そしてそれが縁で、西洋鉄道の系列会社である紀州奈良鉄道、通称「ならてつ」のエッセイ依頼が舞い込んだのだ。まさに人の横への繋がりを渡り歩いているような、井上幹夫の豪快な仕事ぶりである。

「あのサブタイトル。吉川君、君ねえ、あれを何処で編み出したと思う？」

「大方寝る前のフトンの中で、とか」

吉川がそう言うと、井上はヤケにご機嫌になり、豪快な笑い声を広角に飛ばしながら、運転している吉川の後ろ姿に言葉を無造作に投げつけた。

「あまいよ、君、君、吉川君。スナック『つばさ』のエイコちゃんをクドきながら考えたんだよ。コースターにメモったりしながらさ。ガハハッ、ガハハッ」

後に吉川にも解ったことだが、井上夫人が家を出た原因の一端が、この「エイコちゃん」らしい。よくもまあ、こんなにおおっぴらに言えるものだと、その時の吉川でさえあきれ果てていた。

「先生。冗談を言っている場合じゃありませんよ」

「何を言ってるんだよ。冗談じゃないよ。ホントの、ホント。ウソはカケラもツユほども、だよ、君」

メモをしておきたかったが、吉川誠治は、この場面もハンドル優先で、自重した。

「もう解りましたから、準備してください。靴下もちゃんと履いて」

「臭うか？」

「さっきおろしたばかりの、紳士服のマオキで買った新品じゃありませんか」

「解った。解りましたよ。ちゃんと、履くからさ」

まるで子供だなと、吉川は感じていた。これじゃあ女房子供が逃げ出してもおかしくはないなと、納得していた。

「セリフ、いくつかありましたよねえ。大丈夫でしょうねえ」

「任せて安心、井上のセリフ覚え」

井上が、得意の文案作成風に弾んでそう言えば言うほど、吉川の心配の度合いが幾重にも折り重なって、ますます増幅して行くのであった。

＊＊

東都放送のスタジオではすでにカメラリハーサル、通称カメリハが終了し、セットの最終手直しや出演者の立ち位置確認などが、粛々と澱みなく遅滞無く行なわれている。そんな中、コマネチ、もとい、コマネズミのようにあくせく動き回って指示を出しまくり続けていた、チーフフロアディレクターの広瀬雅代が、遅刻の謝罪がてら挨拶に回り出した吉川誠治をめざとく捕まえると、段取りの補足説明をし始めた。井上幹夫は何故だか、カメリハ終了直後に本館トイレに駆け込み、スタジオ現場からは「脱走」して消えていた。一方吉川は、それまでどうしていたのかと言えば、そのリハーサルには出席する訳もなく由もなく、井上幹夫控室で待機していたのだ。だから広瀬ディレクターは、消えた井上の代わりに吉川、すなわち関係者への挨拶だけは済ませようと、様子見に控室よりスタジオ入りして来た吉川を、無理矢理ガムテープしたのだ。急にトイレに行くよと逃げるようにして「脱走」した井上も井上だが、そうだからと言って、補足の段取りを井上の見習い内弟子に過ぎない自分に話し出すディレクターもディレクターだなと、訳の解らない吉川誠治は、内心で苦笑いしていた。

「吉川さん、あなた、井上さんのジャーマネなんでしょ」

ジャーマネとは、マネージャーを指す業界独特の逆さ言葉のようだ。

「私は内弟子兼アシスタントの、吉川、吉川誠治でございます」

「電話で井上さんが、細かいことは全部マネージャーの吉川にクッチャベッテおいて、って言っていましたよ。心してチャンとしてよね」

井上は、細かな交渉事を自分でやりたくないものだから、都合の良い時にだけ、吉川をマネージャーにしてしまっている。吉川誠治は、呆れていた。

「マネージャーっていうのは、先生が勝手に言っているだけの、まあ、赤ん坊のうわ言みたいなもので」

「いい加減ねえ」

いい加減なのは、そっちも同じじゃないかと言ってみたかったが、そこは吉川の理性がしっかりと働いて、防護ネットをシャキッと張った。

「先生のいわゆる芸能活動と私は、本来全く全然からきし一切、関係無いわけでして」

「似ているわよねえ、まったく。井上さんみたいな言い回し、しないでよね。そもそもそういう言い方は御法度でしょう。チャンと時間だけは守って、通告なしの遅刻はしないでよね。シメシが付かないし……。今日はまあ、十五分の遅刻だけだから実害はないけれども。打ち合わせのドタキャンなんて問題外よ。業界のオキテですからね。遅刻厳禁。無断欠席追放!」

吉川は、着いた早々謝ったでしょう、と反論したかったが、それもギュギュッと押さえた。ソフトに話してはいるが過去にも打ち合わせドタキャンがあり、いくら当事者が人気の井上幹夫でも、やっぱり彼女なりに怒っているんだなと、吉川は察していた。

「本当にすみません、雅代ディレクター様、雅代ディレクター様」

丁寧に言おうと、ディレクター様、と口走ったのが、後に吉川誠治の口グセとなって行く。

「この件は私の方も、寝耳に水の仕事でしたので。先程も交通渋滞に巻き込まれ、時間にギリギリ間に合わなかった、といういきさつでして。以後充分重々、誠心誠意気を付けますから、今回は勘弁してください」

トイレに逃げ込んでいる井上の代わりに頭を下げている自分は、一体何なのだろうと、吉川は多少イジケていた。関西では会社に自家用車通勤しており、車には慣れてはいたものの、東京の無慈悲な渋滞を運転手として直に体験したのは、吉川にとって初めてだった。あぁまったく……。それなのにそれなのに……。

「この期に及んで、リハーサル終了即トイレ逃げ込みとは……。やられたな。まあね、今日のところは台詞も二カ所だけだし。当の井上さんはロープで縛られているだけだから問題ないにしても……」

吉川誠治は、一瞬、聞き間違いかと耳を疑った。

「な、何ですか？」

ロープで縛られる、などというシーンの話は、井上の口からは一言も開陳されてはいなかった。

「知らなかったの？」

「どういう番組なんですか？　私は、超優良高視聴率番組で自分の台詞数カ所、としか、井上先生からは、聞いておりませんでした」

「バラドル出演のお茶の間バラエティーよ。その中の十五分ドラマ」

「そう言えば小道具の棚には、ムチとかロープとか……」

「使うわよ、両方とも」

吉川は何故だか、子供時代に図書館で読んだ、アメリカの南北戦争中の奴隷のいたぶりシーンを連想していた。

「よく解らないんですが、ムチとかロープが、どうして東都放送さんの、お茶の間超優良高視聴率番組なんですか？」

広瀬雅代は吉川を、まるで別世界の住人を射るような視線で見つめていた。

「堅いわねえ。堅い堅い。今時そんなことを言う人、あんまりいないよ。元、某、某、国営放送のタレント司会者だって、そんなこと、今は言わないよ」

「あれって国営放送じゃないでしょう」

「ホントじゃなくってもそう言うのよ。それでちゃんと暗に通じるじゃないの。堅いわね、やっぱり吉川さんは」

やはり自分はこれまで、世間一般の世界にはいなかったのかなと、吉川の自信がヒシャゲた。確かにテレビを見るなら先に文庫本を。文庫本を読むなら先に新聞を。新聞読むなら先に専門書を、という具合に、自分で自分の視野のエリア決めをしていたキライがあったことは否めない。まるで知らぬニュースや情報に接した際には、帰って来た浦島太郎のような感覚があったのも事実である。

「いい、吉川さん。今回の、コント風味付きショートドラマの底流に巾広く漂う、人間的なペーソスに……。そのペーソスによ、井上さんは、いたく感動してくださったのよねえ、これがまた」

雅代の言っていること自体、吉川には意味が今一つ、呑み込めなかった。

「あれですから……。井上先生は何にでも感動する人ですから」

「そうだとしてもよ……。まあいいわ、見てらっしゃいな。面白い番組、作るから」

「ムチとロープねえ」

「それでもロウソクだけは熱いからって、やめにしたのよ」

「ロウソク……」

訳が解らなかった。ロウソクを明り取りに使うのは解るが、どうしてそれで熱いのだろうか？

納得しかねるまま、そうこう言い争っているうちに、当の井上幹夫がソロリソロリと、スタジオ入りして来た。ソロリ、ソロリ……。

「帰って来たわよ、あなたの御大」

「井上先生……。まったく……。ただでさえ今日は、スタジオ入りが遅れちまったというのに」

「ホントに困った先生ね」

現場で井上幹夫を一手に任されている担当スタッフだとはいえ、広瀬雅代ディレクターが怒りを直球で表わさないのが、吉川には無気味だった。

「悪い悪い。突然アイデアが出て来ちゃってね。トイレで長考しちまった」

そう言いながら井上は、トイレットペーパーにペンで書き込まれたメモを大事そうに畳み直して、胸ポケットに仕舞い込んだ。物を作り上げる人間はこうするものなのかなあと、吉川誠治は井上の仕種を眺めていた。ある種、普通の世界を軽く超越していてすごいなと感じていた。

「あぁぁっ、しまった！」

「どうしたの、井上さん」

「先生！　まさか、財布を流したとか携帯を落したとか」

「パンツの履き忘れとか……」

雅代ディレクターのその言葉には、吉川は、流石にありえへん、と内心思ったが……。

「そうじゃないんだよ。流すのを忘れた」

それを聞いた吉川誠治は、コケそうになった。

「頼むよ、トイレ流して来て、吉川」

「何事だと思うじゃないの。しっかりしてよね、井上さん」

「こりゃ済まん、済まん」

そんな井上を頼りなく思ったのか、やや小柄で細身の広瀬雅代ディレクターが、両腕でガッツポーズを作りながら……。

「とにかく頑張りましょ、視聴率」

井上幹夫はやはり、天才なのだと、吉川は考えていた。そうでなければ、本番直前に細部の詰めもしないまま、トイレの話なんかする筈がない、と。そして同時に、スタッフが井上の奔放さをある程度許しているのは、一つには高視聴率のせいだということにも、吉川は気づいて来た。井上のボケ役で人気のコントドラマが視聴率を稼いでいるのだ。しかしそれだけの理由でこんな無茶苦茶が、この世界この業界では通用するものなのか……。吉川は当分、悩みそうだった。

＊＊

数日後、吉川誠治は都心のビル郡を本拠とする、津山写真工業の本社オフィスに向かっていた。師匠である井上幹夫の、コマーシャル出演関連の打ち合せだった。元来所属していた会社だとはいえ、吉川は関西エリアにある工場の勤務であった為、製造開発部門のない東京本社ビルを訪れたことなどは、指で数える位しかなかった。しかし、この会社が自分のホームグラウンドだったんだな、という意識は、いまだ頭の奥底に、建物のホットカーペットや床暖房装置のように、ほのかな温もりとして残っていた。

二階に上がるエスカレーターの先に、対面するようにして受付がある。そのエスカレーターを上りきった所で、吉川誠治は急に両の歩を止めた。呼び止められたような気がしたのだ。すぐ後方にいた男性訪問者が、前で突然止まった吉川を避けようとして、つんのめった。吉川が謝って一段落すると、やや遠くより澄んだ声が響いた。

「吉川さん」

やはり本当に呼び止められていた。吉川には聞き覚えのある、爽やかな明るい領域の、はっきりとした声質だった。

「遠藤さんじゃないか」

声の主は、吉川誠治が関西で工場勤務していた時の工場総務担当、遠藤美代だった。吉川と美代は、四歳違いの同期入社で、労務関係や健康診断の際に顔を合わせて言葉を交わす程度の間柄だった。

「関西事業所勤務の遠藤美代さんが、どうしてここにいるの？」

関西から出張して来たのなら、私服の外出着だろう。ところが、美代が紺色ブレザーの制服をつけていたので、吉川は、そのように尋ねたのだ。

「私、異動になったの」

「異動……。向こうの工場から、こっちの総務に？」

「ええ。広報に。もともと、宣伝や広報を志望していたからだと思うわ」

広報担当なら、宣伝担当者にうまく取り入って貰えるかなと、吉川は自分勝手な思いを巡らせていた。

「吉川さんこそ、どうしてここに？」

「仕事なんだよ。宣伝担当者とCMの打ち合わせなんだ」

「CM？　吉川さんが出るの？」

美代は真面目に、そう質した。

「何を言っているんだよ。違うよ。今ねえ、井上幹夫先生の弟子をやっているんだよ」

「あ、ああ、ああ、あの……。井上先生って、あれでしょ。うちのコマーシャルに出ている、あのハリセンのおじさん」

こういう時に、テレビで顔が売れていると得をするな、すぐに共通の話題に繋がるなと、吉川はテレビの恩恵に心地よく触れていた。恐らく井上幹夫が小説の世界のみの人物だったなら、美代だってすぐには気づかず、その上身近にも感じなかったのではないだろうか。

「そうそう。あれだよ、あれ、あれ。あの破天荒ハリセン親父」

吉川と美代はどちらからともなく自然に、窓側に並んでいる待合い用の応接ソファに向かって歩み出していた。昼休みの時間帯が、あと十五分ほど残っているという共通した認識があったからでもある。

「吉川さんがCMの仕事、か」

「くれぐれも……。僕が出演する訳じゃないんだからね」

井上が、もう少しマメに関係者とも接してくれればいいのに、と苦虫をかみ潰しつつ、美代に言った。

「井上先生は何でもまず、僕に折衝させるんだよ。それが終わってほぼ内容が固まってから、最後にやっと重い腰を上げるっていう人なんだ。殆ど丸投げ状態だね」

「ふ〜ん。それにしても工場勤務の技術屋さんが、百八十度の様変わり。大変身ね。小説家の先生のもとに弟子入りだなんて」

「でもね、先生とは名ばかりなんだぜ。毎日何が起きるか解らず、その予測さえままならずって……。もうね、七味の入ったコーヒーを無理矢理、うまいだろうって飲まされているような気分だよ」

「私、真面目な吉川さんのことだから、何処かの専門学校にでもしっかりと入学して、せっせと勉強中かと思っていたわ」

そう言えば工場時代に、美代に、広告文案をもう一度勉強してみたいと、社員食堂での肴に喋ったことがあったなと、吉川は、やや消えかかった記憶を紐解いていた。

「専門学校の方が、随分相当各段ひときわ、良かったのかも知れない」

ソファに座りながら、美代はズバッと一言口にした。

「辞めちゃえばいいのに」

「えっ？」

「そんなに大変なら、そんな先生の所なんか辞めちゃえばいいのに、吉川さん」

それに対して、その時の吉川は自分でも不思議なほど、やけに無理なくスムーズに返答していた。

「辞めるのは、たやすいけどさ。こっちにも弟子入りした時の意地ってモンがあるし。それに先生の作品には、笑顔とか微笑みとか、何というのか癒しや安らぎがそこいら中に、広い野っ原に咲いているタンポポみたいに転がっていてさ、何だか落ち着くんだよね。あれって、何処から湧いて来るんだろうなあ」

「子供みたいね。純粋ねえ、吉川さんは。サイダーみたい」

「そんなことはないよ。こっちはもう、必死しまくりの毎日で……」

美代は、吉川の真面目なその言葉を聞き、なぁんだ、という表情を作り示した。

「結局、今の仕事を続けたいって、言っているんじゃないの」

「そ、そうかなあ。そういうことになるのかなぁ」

吉川は、自分でもよくは解らなかった。人生、最善の選択は何か、などと深く考えている訳ではなく、ただ決まっているのは、好きだから物書きの修業に接し続けている、ということだけなのだ。

「そんな吉川さんが、書くことから今日は一歩離れてここに、でしょう？　宣伝企画の担当者、か。それって平井課長さんかなあ？」

ズバリ的中した……。

「そうだよ。宣伝企画課の平井さんだよ。知っているの、美代さんは？」

「当り前じゃない。隣の部署の管理職ですもの。平井課長の部署は、コマーシャルとか外部向けの宣伝企画で、うちは社内の広報企画担当なの。ホラ、社内広報誌『津山の風』とか、あったのを覚えている？　較べると、ちょっと違うでしょう。外向きと内向き」

吉川誠治は、遠藤美代がもうすべて、細部にわたって知り尽くしているような気がして仕方がなかった。平井課長の名前もすぐに出て来たし、吉川が美代に出くわしたのも、何か何故か何処か偶然過ぎて、もっともらしくわざとらしいなと感じていた。

「井上先生をもうワンクール、CMに使いたいらしいんだ。先生の方は、うまくやってよなんて、相変わらず他人事みたいに口走っていてね」

「そんなことばっかり言っていると、井上さんから、それじゃ吉川、代わりにCMに出演しろ、なんて命令されたりして」

またまた冗談じゃないよ、と吉川は首を横に何度も振った。どうして井上の代わりに自分がテレビに晒されなくちゃならないのか。第一、井上幹夫のボケ役三枚目が人気だからして、このCM話だって湧いて来た訳なのであって……。

津山写真工業東京本社宣伝企画課での型通りの挨拶と企画説明を受け、その二日後に今度は、井上本人の意見をまとめた上での井上同席で、再び会席を持つことが本決まりとなった。吉川誠治にとっては、その日が初顔見せだったが、会社側としては、吉川は、なかなか捕まらない井上幹夫向けの、体の良い伝令みたいなものだった。

そしてその日、定時退社時刻を待って、吉川誠治は遠藤美代を食事に誘った。同じ社屋の会社員時代には、なかなか気を遣って外の食事に誘うことなど出来なかったのに、別の組織に移り共通の話題に乗っかると、意外にも容易に誘い言葉を吐くことが出来る。吉川は、津山写真工業の広報や宣伝企画の内情を少しでも知っておこうと作戦を練っていた。美代がそれなりに、元社員で顔見知りの吉川には、ある程度情報を流してくれるのではと、吉川は期待していた。

「井上先生は、何であんなに出たがりなんだろう。何か知っている、美代さんは?」

「内弟子の吉川さんが知らないのに、どうして私が知っているのよ。変な吉川さん」

標準よりやや大柄な遠藤美代は、ライトブラウンの、いわゆる通勤シンプル長袖ブラウスで目立たぬオシャレを決め込んでいる。気持ちハスに座って細身にみせようとしつつも、変わらぬ大げさな仕種で吉川を笑わせた。

「でも前回の露天風呂CMの時には、美代さんはもうすでに、津山東京本社に移っていた訳だし」

「そういうのを、強引自己中の予測判断っていうのよ。ちょっとでも部署が違えば、内情なんかあんまり解らないわよ」

それもそうだなと吉川は納得した。

「しかし、本業のエッセイや小説の締め切り期限を、延ばしに延ばして貰っているというのに、テレビの仕事を入れてさ」

美代はおもむろに、コーヒーカップを両手で皿の上でゆっくりと廻しつつ、話し始めた。

「だけど尊敬しているんでしょう、吉川さんは。そんな井上さんのことを」

「そりゃ、まあ」

吉川にとっては、言われて見ればその通り、という感じではあった。

「津山でも井上さんは人気者よ。あのまんまの感じで飾らない人柄だろう、って評判すごいわよ」

「それでもね、ムチやロープは、ないでしょうよ」

「ムチやロープ？」

ついつい吉川は口を滑らせて、収録済みでオンエア間近のバラエティー番組の内容を思い出して、喋ってしまった。

「な、何でもない。たわごとだと思ってよ」

「慌てちゃって。どうしたの？」

慌てる必要もないのに吉川は、自分でも変だなと感じていた。安易に研究実験内容を喋らないように注意していた技術屋時代のクセが、顔を覗かせたのかも知れなかった。

「御免。何でもないよ」

吉川は、窓外に視線を転じた。美代が時々訪れるという、東京では名の知れたデパートレストランのウィンドウは、そろそろ薄暮から一層、深まろうとしている。

「そのお皿に乗っていたステーキと同じで、噛めば噛むほど味の出る先生なんじゃないの、井上先生って」

やけに井上幹夫に肩入れするなあと、吉川誠治は少し嫉妬した。

「噛めば噛むほど、か。そうならいいんだけれどね」

「まだ弟子入りしてから間もないのに」

「もう二年くらい、ずっと休まずに働いている気がする」

「まだ、どうこう言えるまで長く付き合ってもいないじゃないの」

「でもねえ……」

反論しようとしたが、美代のその言葉通りだったので、吉川は二の句を継げなかった。

「身の回りのお世話は、他のアシスタントの人が……。ああそうか。弟子は絶対に採らないって言い張る先生だものね。それじゃあ井上先生の奥様が？」

吉川は遠回しに、井上幹夫夫婦が別居しているということを話した。カンの良い美代は、すぐに大げさな仕種を交えて状況把握したことを示した。

「複雑ねえ」

「先生本人は、我関せず、馬耳東風、馬の耳に念仏……。凡人には信じられないようなウルトラ私生活だよ」

「何だか吉川さんって、井上幹夫さんの目茶苦茶ぶりを楽しんでいるみたい」

「じょ、じょ、じょ、冗談じゃないよ」

「きっと大好きな師匠なんでしょ。そうに決まってる。羨ましい」

言葉に窮したが、美代の言っていることは百％間違っているとは言えないが、ニュアンスが若干違うと、吉川誠治は心の内側で言い張っていた。吉川は、井上の醸し出す暖かで柔らかな世界が、何処から流れ出て来るのかを知りたかったのだ。それを井上幹夫から教えて貰いたかったのだ。他の者には、井上の作品の源泉、言葉の奥底は、やはり解らないだろう。だから自ずと井上本人から学ぶしか、方法がないのである。

「いずれにしても、あなたが選んだ道なんだから、そこで頑張るしかないわよね」

「当たり前だよ。ヘコ垂れてなんかいられないよ。津山写真の皆に、スポンサーになって貰えるような作品を、きっと必ず絶対間違いなく書いてみせるから」

「そうよ。そう来なくっちゃ。その意気よ。ゴー、ゴー、ゴー、吉川さん、ファイト！」

美代を誘って、吉川誠治は本当に良かったと感じていた。洗いざらい話した分、気分を入れ替えて新たに仕事に向かえるような気がしていた。そして目の前にいる美代にも、堂々と成果を話せるような仕事をいつの日か完成させてみたいと、吉川は目標だてていた。

さらに美代の左手に指輪が光っていないことを、別れ際に何故だか確認した吉川は心が落ち着き、「また、何時かね」と付け加えることを忘れなかった。一方、美代も美代で、自分の同僚達とは異なる楽しい一面があることを、吉川との時間の中で感じていたようである。そして「ホントに困ったらメールしてね。アットマークを忘れずに」という美代の言葉に心が洗われたような気がして、清々しささえ抱いていた。

第三章／
# 使途不明金？　吉川、香川へ

「はい、井上……。いいえ、大橋でございます」

大橋家の居間の電話が深夜、ベルに踊った。相手の名前は何を隠そう、吉川誠治。電話に出た井上啓子は、名前を耳にする前段階から相手先を予測しつつ、受話器に向かって心を構えて話し始めた。

「こんな時間に……。普通一般の常識人は、こんな時間にはねえ、電話なんて遠慮して掛けては来ません。あなた達業界関係者以外には」

「本当に失礼いたします。井上幹夫事務所の吉川、吉川、吉川誠治です。その声は……。お嬢様ですか？」

「あら、娘の優子とわざとらしく間違ってくださって、どうもどうもありがとう。私は啓子の方よ。井上の古女房の啓子さん」

「古女房だなんて。充分に充分に、お若いですよ」

口先だけはうまくなってと、啓子の方は啓子の方で内心、皮肉を口走っていた。

「お世辞は駄目駄目。井上の弟子だということは、井上にツーカーで通じているってことじゃないの。つまり井上本人と同じ。私は許しませんからね。ハシゴで浮気のクドキのってキリ無く無限大に。私も優子も、もうついては行けません。井上の所に帰ることは、絶対に確実に百二十%ありませんから。実家で平穏に暮らしているんですから。お願い、妨害しないでね。その点くれぐれもよろしく」

「あの…、奥様。私はまだ何もかけらも、これっぽっちも電話の用件を申し上げてはおりませんが……」

一方的に啓子に押しまくられ挙げ句に電話を切られては、何の為に電話したのかと、吉川も応戦し始めようとした。

「そうだったわね。まだ用件を聞いていなかったわね。で、何なのよ」

「それが……。その…、あの……」

確かに吉川にとっては、言い出しづらい案件ではあった。

「そうか。優子がお目当て、か。いやらしいわね。師匠も師匠なら弟子も弟子ね」

「そ、そんなことはカケラも考えてはおりませんよ。冗談じゃありません」

躍起になって否定したのが、逆効果のヤブヘビとなった。

「あなたねえ、冗談じゃないとは無礼千万じゃないの。あなた、優子を女性と認めないっていうの？」

吉川はタジタジになった。

「勘弁してください、奥様」

「言葉には、新型の敏感な信号機を付けることね。背が高くて見通せる新型を。……で、それで？　何なの？」

やっと、吉川が用件を吐露する場面に結びついた。

「井上先生が最近二百万円を一括、まとめて何かにお使いにならなかったものかと……。それを確かめる為に、こうして夜分遅くにもかかわらず、電話いたしました次第でして。使途不明金は、やはりきちんとしておきませんと」

吉川が帳簿を整理し出してから、二、三万から十万未満の金額であれば、そのまま荒立てずに対処していた。領収書を持ち帰るという約束で、井上がどうしても必要だと言い出せば、それは井上事務所の必要経費や取材接待費として計上し、何も文句を言わずに井上本人に渡していた。しかし今回は無断であり、その上ケタが違っていた。専門の公認会計士でもいれば話は別だが、それも井上が嫌がり置いてはいない。これまでは、「古女房の啓子さん」がその職をしっかりと担っていたのだが、その古女房も、今は事務所から遠く離れた彼方の避難場所で過ごしている。このままにしておいては、井上幹夫事務所の金が、何処からか漂い吹いて来る正体不明の風に乗って、右から左、左から右へと何の障害もなしに通り過ぎて、行方が解らなくなってしまう。いわゆる使途不明金のオンパレードに成り果ててしまう可能性さえあるのだ。

「あの人、また経理に穴掘ってるの」

「今までは少額が点々と、という感じだったんですが、今回のは……」

「二百万位何とかしなさいよ。四桁じゃなくて良かったじゃないの」

「そうは言われましても……。四桁っ……」

吉川は、過去に四桁、つまり千万単位の事案があったのかも知れないなと、恐れ震えた。

「大方、スナック『つばさ』の若い女にでも入れ揚げているんじゃないの？」

そういう名前の季節風に、吹き晒される原因があると明白に解れば、少しは安心出来るのだが、当の井上は否定するし黙秘するし、スナック「つばさ」の方も、そんなことは一切ありませんとの一点張りなのだ。

「ところがですねえ、そこのところを調べてみましても、『つばさ』関連の不明金の痕跡形跡が、全く見えて来ないんですよ、奥様」

「おかしいわね。でもね、主人のことは主人の責任。ホントに懲りないんだから。『つばさ』の関係者が、あの人にうまいこと口止めされているんじゃなくって？　とにかく私達は私達で無関係でございます。お役に立てなくてご免なさい……。失礼……」

質問を重ねないうちに、吉川は無慈悲に電話を切られてしまった。こうなったら、井上にもっともっときつく問い質さねばならないのかも知れない。そのままにしておくと、それこそ使途不明の額の山が巨大な山脈に成長し、身動きさえ不可能になってしまうと、吉川は強迫観念とも言えるような不安感を抱いていたのである。しかし自分がきつく出たところで、あの人物が果たして口を割るのだろうか？　バカバカしいと思ったが、吉川はテレビドラマにおける警察の取り調べの様子や、亭主の浮気を問い質す妻の姿などを思い浮かべながら、どうしたら井上が口を割るのか、考えを巡らせていた。

＊＊

今宵も、井上事務所が引けてから後、吉川誠治は井上幹夫のプライベートにつきあっていた。それが一番心の安寧、身体の安心だったからである。正直、井上の単独プライベートは不安心配の塊であった。

運転する吉川と後部座席で足を投げ出す井上幹夫……。井上の自家用外国車は、本来井上自身が運転する為に購入した代物だ。国産車だけでも充分なのに、事故の際に安全だ、などともっともらしい理由を接着剤でくっつけて、当時マネージャー役に徹していた井上夫人、啓子にネダッたのだという。しばらくの間は、「ミツオカ自動車」という、国内準大手製のロールスロイス張りのワインレッドの高級大型車を中心に利用していたのだが、それだけでは物足りなくなり、黒塗りの外車に手を伸ばし併用し出したのだ。ところが井上は根っからの面倒くさがりやで、免許はちゃんとあるものの、運転などは余程気が向かなければ自分ではやろうとはせず、夫人が去った後しばらくは高級車二台ともに動かぬ要塞と化し、さらには別荘と化し、ひどい状態を晒していた。新車で購入した黒塗り外国車の方は、吉川が内部を片づけた後、放送局への往復などにはすでに利用を再開し出している。しかし出番が極端に少なくなっていた「ミツオカ」の方は、荒れ乱れが尋常ではなかった。そういう訳で見るに見かねて、吉川が時間をやりくりして「ミツオカ」を掃除して、新車同様に輝くまで磨き上げるようになる。そして、そんなこんなで今日に至り……。そういう作業の終了をまるで見計らったかのような絶妙のタイミングで、井上が吉川に運転を依頼して来たのだ。何と行き付けの庶民派銭湯「常磐湯」まで……。

湯船に浸ると吉川の両肩から、ドッと疲れが湯の中に溶けるように流れ出して行く。吉川にとっては束の間の極楽となった。

「先生。何も銭湯に大型ワインレッドで駆けつけなくても、いいじゃありませんか。歩ける距離でしょう」

「大目に見てくれよ。こんなに健全な道楽はないぞ、君」

「確かに他の道楽よりは格段と安心だし健康的だし、料金もケタ違いに安いし……」

吉川は、井上が使途不明金問題で口を割るようにと、わざと声を低くして太くして、「ケタ違いに」とカマを掛けてみたが、井上はそんな作戦には全く影響を受けなかった。

「銭湯『常磐湯』の駐車場に、ワインレッドの大型車。脇を見上げれば、満月に掛かるちぎれ雲と煙突の白煙が少々。これは結構オツな取り合わせだぞ、君、君、吉川君」

「何処がオツなんですかねえ」

湯船に浸りながら外を見ることが出来るという訳でもない。全てが井上幹夫の頭の中に描かれた幻の映像である。確かに駐車場にはワインレッドが停まってはいるものの、その晩は曇りで月も顔を出してはいなかった。

「私なんかオツな気分どころか、先生がファンの皆さんに取り囲まれて、風呂屋の中が大騒動にならないものか、こうしていると心配が過りますよ」

「心配症だねえ、君は。私なんかねえ、ドーランなしのスッピンだったら、絶対にバレないって。そこらのオッチャン連中と何ら変わりないよ、君」

「まあ、言われて見れば確かに……」

確かに役者で言えば、名脇役、及川慎也に似たオッチャンでは、あった……。

「ところで、隣は女風呂か？」

「当たり前……。ダメですよ、先生。後で入ったりしたら」

「私は何も言っとらんだろう」

「先読みして、クギだけはきちんと刺しておかなくっちゃ」

「日本には混浴風呂だって沢山あるんだよ、いろんな観光地に。度量が小さいんだよねえ、吉川君は。想像してみたまえよ」

混浴風呂と町の銭湯をどうして一緒くたにするのか、吉川には理解出来なかった。

「想像は先生の頭の中だけで、どうぞ御自由に」

「ゆったりとこうして湯に浸っているとだな、吉川君。君、見えて来ないか」

「またまたまた。先生、変な想像を」

「変なのは何を隠そう、君の方だよ」

確かに、井上に釣られて変な予測を立てていたのは自分の方かも知れないなと、吉川はしかめ面を一瞬、湯気の中に覗かせた。

「巷の騒々しさとはかけ離れてさ、自らの心にまあるいゆとりが浮かんで来ないかい？」

「もしかしたら、先生……」

その拍子に井上が急に湯を叩いたので、その湯が周囲に飛び散り、対面して座っていた丸坊主のジイさんが、それを避けようと吉川の顔の真ん前で立ち上がり、吉川は思わず顔をそむけた。

「まあるいゆとりが……」

井上のその言葉に、吉川はそむけていた顔を元に戻し、井上を見た。

「内弟子になって以来初めて。初めての師匠らしいお言葉。感激が胸に一杯。そこからさらに無限に拡がって参ります」

「いつもオーバーなんだよ、君の表現は。学生時代にさ、感性訴求の勉強をやり過ぎたんじゃないのかい」

感性訴求とは、広告文案を作る際の重要な心構えの一つではある。

「それはともかくですよ、この日をどれだけどれだけ、切に待ち望んだことでしょうか」

「眼を閉じて心の中をそっと覗いてみたまえ。何が見える？」

「はぁ……」

凡人と自覚している吉川誠治には何も見えて来ないので、ナマ返事を井上に返した。しかし本来なら何かが見えて来なくちゃいけないんだろうな、まぶたの裏側に……。そんな事柄をそんな風に、吉川誠治は真面目に考えていた。

「いいから吉川君、言ってみたまえよ」

こうなったら、考えていることをとにかく口にするのが一番だと、吉川はおもむろに話し出した。

「それではお話しいたします。困っております。井上幹夫事務所の通帳の、二百万円一括未確認未公認引き出しの一件。一体、大金が一瞬にして何に化けてしまったのかと……」

二百万円という声が聞こえたのか、湯船の中にいたゴマしおのジイさんと鉢巻のお兄さんが顔を近づけて来た。しかし、さすがに井上は聞かれたくないと思ったのか、指で水鉄砲をして、近づいた二人にお湯でシュシュっと攻撃した。そしてそれを起点発端にして、今度は湯船の中でお湯の掛け合いが始まり激しさを増した。悪いことにそれがすぐに洗い場まで拡がり「参加者」が増えて、湯気で視界がなくなる展開となり、とうとう風呂屋の主人も慌てて様子見に入って来た。これはまずいなと間に吉川が入って、子供達もいるんですからとか報道されますよとか、もっともらしく言いくるめてジイサン連中と井上を分け、風呂屋の主人は風呂屋の主人で、取り巻き連中を湯気の向こう、脱衣場近くまで遠ざけた。ドサクサの中、両足だけが湯船の中で逆さまに突き出ていたジイサン仲間の一人、先ほどの丸坊主のジイサンも、何とか引き上げられて溺れる災難に合わずに済んだ……。

「風呂場でお湯の掛け合いだなんて。子供じゃないんですから。皆、取り敢えず無事に落ち着いたからいいけれど」

「いい運動になったじゃないか、吉川君」

「じょ、冗談じゃ……。そうだ。そんな場合じゃないんだ。話をソラさないでください。井上先生」

井上が、洗い場の冷水で顔を洗いながら、隣の吉川に応じた。

「ああ、あれか。例のあれねえ……。二百万なんてねえ、小さい小さい。二千万じゃなくて良かったじゃないか。ホント、世俗的だよねえ、君は。吉川君」

「何が、小さくて世俗的ですか。そんなことを言われても……。とにかく先生、使途不明金はどんな金額でもマズいです」

その時井上が珍しく、声を低くして、と合図しながら話を進め出した。井上でもたまには体裁を考える時があるのだな、と吉川は妙に安心した。

「もっと視野を広く持ちなさい。僕はねえ、こうして眼をつぶると見えて来るよ、見えて来るよ。白く澄んだ綿のような空間に、笑顔が……。かわいらしい笑顔がね」

話をマンマとソラされてしまったと認識しながらも、こうやって作品のイメージを作り上げて行くのかと、吉川誠治は井上幹夫を懸命に観察しつつも、マネしてみようとまぶたを閉じた。

「心穏やかに落ち着かせて、まぶたの裏側をみつめるような境地だよ、君。吉川君」

「私にも、そのかわいらしい笑顔が見えて来るような気が致します」

「ホントか？」

「はい。眼の奥からまぶたの裏側に掛けて」

本当に見えていたのかどうかは解らないが、先程までのお湯の掛け合い事件で、体温が上がっていた為に血圧が上昇して、まぶたの裏の黒いスクリーンに、点々と散在する細かな紅いシマシマが現れていたのは事実であった。一方の井上の方は、冷水でよみがえったのか、急に自分の声調を真面目に生き返らせて、吉川にモソッとよそよそしく言った。

「君、今さあ、かわいらしい笑顔って言ったよね」

「は、はい。そのように……」

「笑顔って誰の笑顔？」

「誰の、って、どうしちゃったんですか、井上先生。急に真面目になっちゃって」

「君、スナック『つばさ』のエイコちゃんと何かあるだろ」

吉川は、ドッと疲れを両の肩に感じた。

「そんな訳ないでしょう、井上先生」

「君、吉川君。冗談だよ冗談。まだまだ修業が足りないようだな。軽く受け流すのも修業のうち窓のうち」

「何が窓のうち、ですか。冗談になっていませんよ、まったくもう」

せっかくの修業の場を、この先生はどうしてこんなにいとも簡単にクダき崩してしまうのかと、吉川はガックリと脱力してしまった。こういう真面目になりかかった局面に接すると、井上は苦手で逃げ出して行くクセでもあるのかなと、吉川は良い方向に良い方向にと、考えを巡らせようと努めていた。まさかの「お風呂場銭湯全員参加お湯掛け事件」はともかく、少なくとも初めてと言ってもいいほどの、師匠の師匠らしい言葉に触れることが出来たのであるから……。

＊＊

「井上さんは、ツーカット通しで管理職の役柄。部下との会話です」

東都放送の広瀬雅代が、部下である若いサブディレクター二人とともに発表した井上幹夫の役柄は、吉川誠治が事前に想定していたものよりも余程格段ずっと相当、まともな内容であった……。

場所は東都放送制作部会議室。しかし会議室とはうわべの名ばかりで、普段は制作担当者の仮眠所にも当てられている模様だ。その日の打ち合わせには、どういう訳だか吉川も参加して内容の確認を取ることになっていた。恐らく師匠井上幹夫のセリフが多いのだなと、吉川は想定していた。十畳ほどの部屋の隅には折畳みのベッドが二台畳んで立ててあり、隣の小机の上には毛布が複数枚のっている。さらには東都放送のキャラクター、カワウソのトウト君目覚まし時計まで備えつけてあるという、希有な状況だ。社内会議を行なうには影響が無いとはいうものの、あまりのあけっ広げ様に吉川誠治は驚いていた。こういう無神経なところがあるから、井上幹夫をうまく番組出演に引き込めるのかな、とも感じていた。

「しかし冷静に考えてさ、会社の管理職という柄かねえ、私は」

「ななな、何をおっしゃいます、勿体ない。久しく待ち望んだ滅多にないまともな役柄じゃあ、ありませんか、井上先生」

「君はねえ、吉川君。何にでもえらく過剰反応し過ぎるんだよ」

「そうでしょうか」

先生の方が鈍感過ぎるんです、と言いたかったが、そこは吉川の自制心で土俵際にグイと踏み留まった。

「それで井上さんには、ツーカット目は女言葉、通称オネエ言葉で熱演をお願いします。これで先生の味が存分ににじみ出ることあぶり出されること、請け合いよ」

雅代の言葉に二人のサブがうなずいた。

「オネエ言葉ということは……。雅代ディレクター様。それってもしかしたら……」

「恐そうな管理職が次のカットでオネエ言葉。受けること花マル二重マル、当選確実」

こういうディレクターでなければ視聴率は取れないのかなと、吉川は雅代の熱のこもった話しぶりに見とれていた。しかしそれと同時に、怖そうな顔をもろに露呈している井上幹夫夫人、啓子の表情が、吉川の脳裏にグググイッと浮かび迫る。

「は…、花マルねえ」

「絶対に、視聴率行けるって。いただきいただき、って感じよ」

「私には、この前撮ったミニドラマに出て来た、あのムチやロープといい勝負にしか思えませんが……」

「堅いなあ、堅い堅い。吉川さん、バラエティーですもの。覚悟必定当たり前よ。それに、それにねえ、井上さんのボケ役は評判上々のウナギ上りなのよ。何と言ったたって数字、つまるところすなわち、視聴率が燦然と輝いちゃっているんだから」

そう言えば広瀬雅代が所属する制作クルーが、以前井上幹夫絡みで視聴率トップをブン取り、東都放送制作局局長賞を獲得したことがあると鼻高々に自慢していたな……。吉川誠治は雅代の嬉々とした電話での甲高い声を、思い出していた。

「そりゃ放送局としては、視聴率が第一でしょうが……」

と突然、井上が横から割り込んで来た。

「面白そうじゃないの。ウフン。やってみましょうよ、吉川チャン」

吉川は、めまいに襲われた。

「あぁ…、気分がこの上なく悪くなって来た」

「カット間で落差を出していただかなくっちゃ面白くならないわよ、井上サン」

そんな雅代の扇動セリフに反応して……。

「わわわ、解った。……解ったわよン」

吉川誠治は、倒れそうだった。

「井上先生……。やるんですか、こんなの」

「当り前じゃないの、よン」

吉川誠治は……。気持ちが悪かった……。

「先生、誤解されますから、くれぐれも番組の中だけにしてくださいよ、そういうのは」

「君はねえ、吉川君。ことごとく心配症過ぎるんだ。私がそんなねえ、普段からオネエ言葉を使う訳が無いわ……、じゃなくて、ないだろう、君」

「誰ですか、こんな台本を書いたのは」

「例の倉岡周太さんよ」

倉岡周太とは、ここ数年売り出し中の、例のバラエティー専門の構成作家である。

「あのムチとロープの脚本家……」

吉川は、やっぱりあれと同一人物だったのかと、やや嫌悪を抱いた。

「先入観はいかんぞ、君、君、吉川君」

嫌な顔を見せたので、井上がそのように吉川をたしなめたのだ。

「とにかく数字アップ、視聴率アップよ。セリフ出来ますか、井上先生」

「やるよ、やるやる。絶対にやるよ」

再び井上夫人、啓子の渋い顔が思い浮かんだ。

「井上先生。さっき雅代ディレクター様が言っていたように覚悟必定なんですよ。ホントに覚悟して掛かってくださいよ」

そんな風に吉川が心配顔を井上に向けていたところ、その井上が急に中空に面（おもて）を上げ、両の視線をうつろに漂わせた。もしかしたら、とうとう先生の頭の中の思考回路がショックを受けて、パンクかショートかオーバーヒートを起こしてしまったのかも知れない……。吉川も雅代もサブの二人も心配そうに、そんな井上を見つめていた。

「うまれそうなんだよ、奈良……」

「先生、もしかして例の……」

「井上さんが、奈良に隠し子？」

雅代ディレクターのその言葉に、そんな訳あらへんと、吉川は一応、頭の中では否定したかった……。

「ひらめいたぞっ」

「少しお疲れ気味でしたからね。急いで帰って休みましょうよ。先生好物のナベヤキを、長寿庵に頼んでおきますから」

「ひらめいたぞ。これはいいぞ、吉川」

あ、ああ、そうだったのか……。そこで確かに吉川は井上の状況を悟り、安心した。しかし雅代達にはまだ何事なのかは、一ミリメートルだって伝わってはいない。

「何がどうしてどうなっちゃったの？　ねえ井上先生。それに吉川さん」

「先生の頭の中に、隠し子…、じゃなくってアイデアがひらめいちゃったんですよ、雅代ディレクター様」

「アイデアが…、ひらめいた……？」

「メモして吉川」

「はっ、はいっ」

吉川は、いつも使用している井上専用の口述記録メモ用紙を取り出して、シャープペンシルを動かし始めた。

「『古都奈良にて……、月見て何思う〜。古都奈良にて……、月見て何思う〜』。どうだっ吉川。いいだろっ吉川。感動的だろっ吉川」

こんな短かなフレイズを口にしただけなのに、井上幹夫は肩で息をしていた。それ程気を入れて、心の臓から口元へと作品を生み出したのだ。それはそれは鼻高々な井上なのではあった。

「先生？」

「あのねえ井上先生」

雅代が割って入ろうとしたが、井上には見えてはいなかった。

「やっと、生まれた……」

「生まれた、って……。隠し子じゃないのよねえ。変なの」

恐らく作品を作る際の頭の中、心の内は、作家なら誰でも丁度井上の言葉に言い表わされるような、すさまじい境地に陥るのだろうなと、吉川は納得していた。

「再三再四催促電話とファクス、それにEメールで追いまくられていた例の……」

期限切れ締切予定から十日あまりが経っていた。それを「ならてつ」の好意で許して貰い、待って貰っていたのだ。

「例の『ならてつ』のエッセイタイトルですね、井上先生」

吉川がそう言うと、何故か意外にも井上の顔が沈んだ。そういう風に見えたのかも知れなかった。しかし吉川誠治には少なくとも、微妙な変化があったように感じられた。

「笑顔って言葉が入らなかったけれどね……」

井上は、やはり沈んでいた。そしてその変化を第六感で察知したのか、広瀬雅代は吉川に、手仕種で電話するねと合図を送った後、二人のサブを伴って、ジャネーッと吉川に軽い挨拶ジャブを両手で送り、会議室から出て行った。彼女のディレクターとしての仕事は考えてみれば、井上幹夫の出演の意志確認が出来た時点で一段落。すでに幕引きが可能な状態だったのである。

「先生。笑顔、っていう言葉は、今回に限っては無くてもいいじゃありませんか。良かった。良かったですよ。これで関係者にも顔向け出来ます。良い作品ですよ。延ばして貰っていた顔合せ会議にも、滑り込みセーフですよ」

『月見て何思う』の『う』の字は、表記を『はひふへほ』の『ふ』の字にして貰って」

吉川誠治にも、そう言う作者井上幹夫の真意が何処にあるのか、流れるように伝わって来た。


**『古都、奈良にて……**

**月見て、何おもふ……』**


「なるほど。そうやって古都の色を、強く色濃くにじませる訳ですね」

「そうだよ、そうだそうだ。だいぶ君、私の心が読めるようになって来たな」

突然の思いがけない井上の誉め言葉に、吉川は驚いた。

「あ、ありがとうございます。でも先生のレベルには、当然のことではありますが、とてもとても、まだまだ遠く及ばずだと考えております」

「案外似た者同士なのかも知れんな」

「そのお言葉を、私、単純に喜んでいいものやら……」

「どういう意味だよ、君」

ついつい出た本音を隠すべく、言い訳言葉を連発でかましながら、笑ってごまかしつつ、吉川は頭のもう一方で別の事柄を考えていた。井上が「笑顔」と言った際の何処か寂しげな表情。あのわずかに沈んだ薄暮の色合い。一瞬だが奔放な井上が垣間見せた、あの悲しそうな表情色模様は一体、どういう意味なのだろうか。吉川には一難去ってまた一難であった。締め切りをクリアしかかったら、今度は作者本人に対するメンタルケアかい……。吉川誠治は、先程自分が書いた「ならてつ」のメモ書きの文字列を、そっと指先でなぞっていた。

＊＊

トントントンと、複数の爪先がテーブルを神経質に叩く音が、電話の受話器越しに等波長で聞こえてている。今朝もご機嫌が斜めの様子だなと、電話を受けた吉川誠治は覚悟してかかった。

「吉川さん、あなたどういうおつもり？　うちにこの前の二百万の話を無理矢理押しつけて来て。……そうよ、主人から突然真夜中によ。電話がギャンギャラギャンギャラ。……まだ、事務所に帰って来ない？　何をやってんのよ、あなたのところは。無責任ねえ。第一、主人が何故こっちに連絡を入れたのか解らないったってよ、あなたねえ、二百円じゃないのよ。二百、万、円よ。あなたがそっちの金庫番じゃないの。とにかくこちらは、あの人の散らかし放題の尻拭いはいたしかねます。……そうよ。そっちで何とかしてよ。二百万位大したことはないでしょうが。いつものように穴埋めしなさいよ。バラバラとサミダレ式に、交際費とか接待費とか取材費用だとか、いつも適当に何とかかんとか言って補填しているんでしょうから。……一度に二百万の使途不明は無理？　それはそっちの都合じゃないの。こちらにはねえ、そんなことは一切関係ございません」

いつものように穴埋めしろって、それはあまりに無責任だろうと、吉川は思わず対抗して弁明したくなった。がしかし……。

「情けないわねえ。現金を作るならベンツやミツオカを売るなり、保有の株式幾つか畳むなりすればねえ、余りが出てくる位でしょうが。……当たり前でしょうよ、そんなこと」

吉川は、こちらで何とかするしか仕様がないなと、心をそちらに傾けつつあった。

「それから吉川さん。主人が異常かつ異様な仕事をヒョコヒョコ引き受けて来るのは、あなたが執拗に帳簿だとか赤字だとか、そんなことばっかりのべつまくなしにシャベクリ廻すからじゃないの？」

そんな類いの事柄を、吉川は一言も口にしてはいなかった。

「……みっともないったらありゃしないわよ。主人がムチだのロープだの。露天風呂でのコマーシャルまでは許しましょう。……ええ、ええ。……そうよ。ムチやロープとか全裸は、主人がやるって言ってもあなたがそれを止めて、代わりにやる位じゃなくっちゃ駄目でしょうが」

じょ、冗談じゃない。何でこっちがそんなムチやロープの尻拭いなんかを……。それに全裸なんていう話は聞いたことがない……。ええっ。まさかそんな話が過去にあったの？

「……あなたねえ。ホント、冗談じゃないんですからね。頼んだわよ、吉川さん」

吉川は憮然としていた。急に電話を掛けて来て、怒鳴り散らして勝手に電話を切ってしまうなんて、いくら師匠の夫人だろうと……。師匠の夫人だろうと……。だけど結局何も言えないんだよなあ。つらいねえ、こういう立場はとっても……。吉川誠治は受話器を元に戻しながら、そのように心で嘆いていた。結局最終的に、経理面では事務所として補填の言い訳項目をもっともらしく作り出し、詳細リストをでっち上げ、井上の尻拭いをするしかないのか……。とりあえず行方不明になっている井上を探し出して、普段よりケタが突然二つも大きくなった使途不明金二百万円の行き先をきちんと探り出し、その処理方法も決めなくてはならない……。吉川誠治は、少々焦っていた。

他方、電話を一方的に掛けて一方的に切った井上幹夫夫人の啓子は、清々したというふうに、目の前にいた娘で大学生の優子に向かって、話し出した。摩桜山（まおうざん）大学の文学部で日本史を専攻しているらしい。

「まったく頼りない。吉川もだんだんあの人に似て来るんだから」

「お母さん」

「優子は気にしなくていいのよ。ご免ね、お父さんがあんなケタ違いの変人で」

優子も確かに、父親のことを間違いなく変人だとは感じていたが、悪い男だとはどうしても思いきれなかった。人間関係の波と渦の中を、深く悩もうともせず奔放に波乗りして行き渡ろうとすれば、必然的に父親井上幹夫のような人生になるのだろうな、とも感じていた。

「大学の友達の間では、ハリセンタレントの井上幹夫さんっていう感じで、案外存外、人気が高いのよ」

啓子は、ハハーンと思った。

「あの露天風呂のCMのことね。何処がいいのよ、あんなコマーシャル」

啓子は確かにインパクトのあるCMであることは認めてはいたものの、その人気を夫の人柄にそのまま置き換えて考えることは、どうしても出来ない相談であった。

「大学の皆は、あれがあなたの実の父親だっていうこと、知っているの？」

「ううん。教えていないよ。訊かれないから。だって言えばタレント家族みたいに聞こえるし、特別な目で見られるし……。父親の仕事は文筆業って言っているわ」

やっぱりねえ、と啓子は思った。

「自分から言い出さないなんて」

「だってきっかけもないし……」

「ホントに自慢したけりゃ、自分の父親だって堂々と積極的に勇んで口にするわよ」

とその時、優子が突然感情を露わにした。

「お母さんてどうしていつも、お父さんを目の敵にしちゃうの？　目の敵を続けたらホントの敵になっちゃうじゃないよ。確かにヒドいところがあるのかも知れないけれど、私はお父さんの良いところを、もっと大きく幅広く見守ってあげたい」

「ホントの井上幹夫を、ぜ〜んぜん知らないのよ、あんたは」

「帰ろうよ、お父さんのところに」

「帰る？」

二十代の娘。父親を欲しているのか……。

「優子、あなた……」

「寂しいんじゃないかな、お父さん」

そんなことは無いと、啓子はしっかりと自分に言い聞かせ、心を引き締めた。

「あの人はねえ、寂しいなんて心のポケットは、一つとして持ち合わせていないのよ、一つとして。そうとは気づかずに自分をダマしダマしあの人に尽し続けると、手痛いシッペを返されるの。もう決まりきっている、いつもの道すがらなのよ」

啓子は、自分の人生を一ページずつ紐解き直して、おさらいするかのように思い出しつつ、優子に向かって話していた。それはそれなりに重みのある話しぶりではあった。

「でも……。だって今度の、その二百万円にしても……。確かに小さな額じゃあないけれども……。取り返しがつかない訳でもないんでしょうし……」

そんな煮え切らない優子の反応に接し、優子と井上が頻繁に連絡を取り合っているのではと、啓子は疑心に襲われた。

「使い道を、優子は知っているの？　聞いたのね、お父さんに」

「ううん。聞いてはいないけれど、何となく解るんだ」

優子は本当の所、詳しい状況を全て知っている訳ではなかった。しかし事の本質は、心でおおよそ推察し理解し想像している事柄と、極端に程遠くはないようだなと感じているようだった。

「どうせあの人……。キャバレーバシゴしたツケでしょうよ」

「でもねえ、お父さんはケタの外れたハメ外しから、案外存外遠い人なんだよ」

優子は、自分がどうして母親と同じように、奔放に目茶苦茶をして来る井上幹夫が憎めないのか不思議だった。そしてさらに、そんな井上幹夫の行動をどうしてだろうとか、何故だろうとか、その根本を考えずにひたすら自分から遠ざけようとする母親啓子も、ひときわ不思議に思えた。

「あんたは、良いところばかりを見ているからね。あの人、子供には甘いのよ。あんたに対してもベタベタのお餅みたいだった。きっと今でも、目に入れても痛くはないって言うでしょうよ。だけどね……」

人を大切にしない人。延いては自分を大切にしてくれなかった人なんだと、母親は言いたいのだ。優子はそう読んでいた。そして、ちゃんと事実を調べてみたい。さらに父親の井上幹夫にも自分から一度会う機会を作り、そのあたりの事情もちゃんと訊いてみたいなと、心から願っていた。

＊＊

沼の緑が深く濃く鮮やかで、水面が映し出す大空のブルーと混ざり合い、鮮やかな群青のさざ波を作り描く……。吉川誠治は、幼年期をこの沼の表情とともに過ごして来たと言っても、過言ではなかった。そんな中を、普通の公園にあるボートよりも巾があり丸みを持った、言ってみれば大きなタライのような舟で往来する。酢の物や添え物にするジュンサイを採っているのである。東北や北海道を除いて、一部の地域では絶滅種にも数えられているような貴重なジュンサイを、水田に引く奇麗な水を併用して、丁寧に細々と栽培収穫し続けているのである。

香川県の吉川誠治の実家は兄の順一が結婚後に引き継いで、米作と沼地のジュンサイ採り、そしてミカン作りに精を出している。

「だから、会社を辞める時によぉく考えろって、口酸っぱくして唇ヒンまげて、お前に言ったんだ」

「何もそんなに、青筋立てて怒らなくってもいいじゃないか」

「東京の名智(めいち)大学を卒業してな、思いがけず関西の工場に戻って勤め出したから、一時は断然こっちに近くなって良かったと思ったよ。けどもよせばいいのに、またまた東京に戻っちまって……。物書きの修業ってんじゃあ、生活が不規則で不安定でな、結婚だってままならないんじゃないのか？」

五つ違いの兄とは、大きな喧嘩をした記憶は見当たらなかった。しかし津山写真工業を誠治が辞めて物書き修業、と言い出した時には、兄の順一も連れ添いの洋子も強硬に反対した。今では主に丘のミカン畑で余生を過ごす健在の両親は、本人がどうしてもそうしたいと言うのなら、と理解を示したものの、すべて自分自身で責任を持てよと釘を刺し、責任転嫁のハケロにさせないことも忘れなかった。だから井上幹夫の四国講演の帰り道に、別行動を取って郷里に寄ったとは言え、吉川誠治は立場上安直に、両親に向かって愚痴をこぼす訳にも行かなかった。しかしその一方では反動ではないが、長男夫婦にはついついその分、気を許してしまうのであった。

「わざわざ寄ってみたのに。井上幹夫先生に許可を貰って……」

「そういう気遣いは嬉しいけどな」

「うん。こういうのを絹ごしのキメ細かい気遣いって言うんだよ」

「自分で言ってりゃあ世話ないぞ。なぁ」

そう言って話を振られた義姉の洋子は、ただただ笑っているだけであった。

「だけど誠治、何の目的もない顔見せだけじゃあ、仕事の途中でここに寄ったりはしないだろ」

「うん、まあ……」

「この前の続きか」

順一は誠治の数日前の電話の一件を指して、そう言った。

「誠治、今からでもこっちに戻らないか。はなれも空いていることだし。ヨメだって、農協のツテでな、すぐに何とか……」

すぐ脇の舟に乗っている義姉も、誠治の方を見てうなずいている。

「ホラホラ、山の向こうの手袋工場の川人(かわんど)さんのさ、次女が年頃で……」

吉川誠治は慌てて手を振って断った。

「ヨメなんて……。まだまだそんな気には、なれないよ」

「どうしてそんなことを言うかなあ」

順一が少しショゲた。

「朝から晩まで、沼のジュンサイ採りとタンボハタケの連立方程式かよ」

「何とでも言うがいいさ」

「ジュンサイなんか、そのうち絶滅しちまうんじゃないか、兄ちゃん」

「そんなことはないよ。それに少なくともこっちは、赤字で顔が青くなったり使途不明金がゴロゴロ顔出したり、経理に穴が開いてほころんだりするなんてことは、全くもってないんでな」

兄に露骨に皮肉を言われ、誠治は恥ずかしかった。電話で兄に気を許し、いざとなったら金貸してくれるかいと、ついつい口走ってしまった軽薄さを、吉川誠治は反省していた。

「今更戻るなんて面子(めんつ)が立たないよ」

「親父やお袋に、か?」

「うん」

「誠治。こっちは人手が必要なんでな。一生懸命やっていれば、面子なんてどうでも良くなって来るさ。自信がつけば面子なんて」

「それはさ、兄ちゃんの考えだろ。最後は俺の心の中の問題だからね」

奇麗な水に清々しい瀬戸内の風。豊かな景色を見渡すと、本当にこのまま四国は香川に居残ってしまおうかなと、ついつい傾いてしまう誠治の心根……。

「四国はいいね。そのまんま、が沢山残っているからさ」

「この水や空気に触れたくて寄ったんだろうが」

「まあね……」

ゼリー状のジュンサイの若芽に触れて、誠治の心が揺れた。何故にそんなに緩いのか、涙腺から涙が滲んだ。自分が都会でやっていることが、セカセカと埃まみれに汚れた、無味乾燥で機械的な雑用ばかりで占められていると、感じてしまったからだろうか。

「誠治。また一緒にこうして、舟にも乗ろうや。ジュンサイを大事に育てようや」

その時点では、四国に戻ることも吉川誠治の一つの選択肢になりつつあった。いや、一時はそちらの方に大きく傾き掛かっていたのかも知れない。

「一緒にやれば楽しいし仕事もはかどる。おまえの面子は水の上、畑の上でもタンボの上でも、立てられるよ。この土地香川ならな」

再び嫁の洋子がうなずいている。そんな中を、誠治は掌に水をすくいながら考えた。吉川誠治の正直な心の中の迷い……。香川に残る、と言おうか言うまいか……。透明な時間がしばらく流れ続いた。そして……。決断の時が来る……。

「ま、待った。兄ちゃん。答えはもう少し、時間差持たせてからな」

結局吉川誠治はそう言って、東京は井上幹夫のもとに帰る決心をした。何かもっと大きなきっかけがあったなら、誠治は兄順一の言葉を選んだのかも知れない。しかし誠治は東京に戻ることに決めた。書くこと創ることが、心から好きだったからに他ならない。そしてそんな風に心を定めた吉川誠治の胸ポケットが突然唸りを上げて、小さな舟も小刻みに揺れた。

携帯のマナーモードだ。東京からの電話であった。

「もしもし吉川です……。ああ、『つばさ』の……。何！　井上先生が！」

誠治の大きな声に、兄の順一も側の舟にいた洋子も緊張した。

「先生が、口説いている？」

何だ大した事ではないじゃないかと、順一夫妻はため息をついた後、再び水中に視線を移した。

「な、何だって！」

再び緊張が走った。

「相変わらず井上先生が足繁く、『スナックつばさ』に顔を出している……」

今度は何事だと、順一夫妻は呆れている。

「そうですか。井上先生がツケを支払った。これだよ。多分、二百万円でしょう？」

ツケに二百万……。大きな額面を吉川が平然と口にするのを聞き、順一夫妻は驚いた。

「そんな……。そうですか……。四十五万円足らず。二百万じゃない……。解りました。それで全部なんですね。……ええ、ええ。ありがと。また何かありましたら必ず知らせてください。それじゃあ失礼します」

水面の乱れがいつの間にか引き去って、再び穏やかな群青ブルーの世界に立ち戻っていた。

第四章／

# 北海道は釧路での、言葉の奥底

番組スタッフが別ロケから戻るのが遅れて、ショートコントの撮りが押している。それで生じたいわゆる「中空き」の三十分間ほどを、吉川誠治は東都放送の喫茶室で過ごしていた。早めに井上を呼んで、打ち合せに間に合わせなくてはならないと思っていた矢先、喫茶室に広瀬雅代チーフディレクターとサブディレクター達が入って来て、十分ほど井上幹夫を肴に話の輪が出来た。先輩格の広瀬雅代は吉川が見る限り、部下のサブディレクターや他の関係者には、わりに厳格だった。しかし井上や吉川に対しては、比較的穏やかで優しい。吉川にコーヒーのお代わりを勧めたりする雅代の姿を、二人のサブディレクターは、ともに意外な表情で眺めていた。

「さぁてと、そろそろ打ち合せの準備をしなくっちゃ。あと五分でドンピシャ三十分前」

サブディレクターが携帯のメールを見て、ロケスタッフが首都高速ランプから一般道に下りたことを、雅代に知らせた。

「私も早いところ井上先生を確保しなくっちゃ」

忖度してサブの二人が立ち上がろうとする。

「先生は多分車の中ですから、私が呼んで来ますよ」

井上の携帯を呼んでみるとやはり、オフの状態だった。井上は自分の車の助手席に座って仕事していると言っていたが、本当にそこでパソコンワープロに向かって、ちゃんと仕事をしているのか、吉川誠治は非常に心配であった。

「そうだそうだ、吉川さん。讃岐うどんのおみやげ、ご馳走様」

二人のサブも雅代に合わせて頭を軽く下げた。吉川は、とんでもないと小さく手を振りながら言った。

「いつもいつも先生が、破格のお世話になっていますし、以前例のドタキャン騒ぎもありましたので」

「吉川さんも大変ね、あんな道楽オヤジの尻拭いの連発」

「道楽オヤジ、ですか」

ある意味言いえて妙。当っているなと吉川誠治は内心で拍手していた。

「でも井上は、南函館の東側、故郷の泰丘村では名誉村民で知らない人は皆無。村の誇り、輝ける文化人として、知られているんだそうです」

「へぇ～。あれがねえ」

「あれ……ですか」

「そうだそうだ。それはそうと、総務で小耳に挟んで早々に確かめようと思っていたことがあるの」

雅代がそう言うと、二人のサブも顔を寄せて聞き耳を立てる仕種をした。しかし雅代はそんな二人を、アゴと右手でスタジオに追いやった。人払いだ。

「あのねえ、時は、今年のチャリティーアワーなのよ」

「ああ、あの……。一週間くらい前でしょう。東都放送恒例の……」

「そうよ。四十八時間チャリティーアワー『夢に向かってみんなで走ろ！』」

そろそろ発足して二十年が経とうという、東都放送毎年のビッグイベントである。四十八時間打ち抜いて生放送を続け、その間に福祉目的の義援金を募るという催しだ。芸能人や放送関係者の中には熱心な賛同者が多く、毎年規模が拡大して知名度も上昇している。

「井上先生が番組に特別出演したとか、そんなことですか？」

「ううん。確証はないのよ。ゲストとかそういうんじゃないの。寄付に来た人の中にね、井上サンに似ている人を見かけたって言うのよ。総務の看板娘チャンが」

「先生が来たのかなあ。その日は……、え～と……。四国の講演旅行の直後ですか」

そう言いながら吉川は、井上のスケジュール手帳を紐解いた。

「その日は……。事務所で仕事か、ベンツかミツオカの車内でくつろぎタイムかモグモグタイムか……。テレビラジオの仕事は入っていませんね」

「井上サンが来ただけなら、そんなに記憶にバッチリクッキリでもないと思うの。でもね、百五十万三千六百五十円を現ナマで置いて行ったから、窓口ではヤンヤヤンヤの大騒ぎ」

「百五十万三千…」

「六百五十円」

よく数字を覚えていられるなと吉川誠治は感心していた。そしてその吉川の表情から察したのか、雅代は二の句を鼻高々に口にした。

「『イイワ、サンビャクロクジュウゴ』って覚えちゃってるの。この仕事をやっていると、工夫して覚えるのがクセというか、習慣になっちゃっているのよ」

「でも『イイワ、サンビャクロクジュウゴ』の個人寄付だったら、その看板娘チャンも、ちゃんと金額と一緒に、名前とか人相だって覚えている筈でしょう?」

当然のことだという具合に吉川は尋ねた。

「ところが匿名希望だったんだって。ツバ広帽子にグラサンのオジサンだったとさ。防犯カメラもツバ広のおかげで空振りらしいの。変装かもね。カウンターにフロシキの現金束を乗っけて、名前も言わずに記帳もせずに風のように去って行った、謎のアシナガさん」

「へぇ〜。でもうちの先生は、とてもとてもアシナガとは言えずズンドウ……」

「そうじゃないわよ、アシナガオジサンのことよ、アシナガって」

吉川は広瀬雅代の言葉を直球で受け取れなかったのだと悟り、恥ずかしかった。そしてそれを押し隠すように言葉を被せた……。

「そ、その金額を、うちの帳簿の穴埋めに使いたい位……。待って……」

「どうしたの？」

吉川が慌てて自分の手帳を、改めて紐解き直す。

「やっぱり……」

「何がいったい、どうしたのさ？」

「スナック『つばさ』に井上先生がツケを一括返済していて、それがおおよそ十日前」

そうか、やっぱりアシナガは井上だったのか、と雅代は直感したようだった。

「その支払いが店の話によれば、四十四万六千三百五十円、消費税込み込み。それにグラサンアシナガの寄付、イイワサンビャクロクジュウゴを加えると……」

雅代と吉川の声がピタリと揃って……。

「百九十五万円！」

二人とも素早く暗算していた。

「恐らく、二百万に足りない残りの五万円は、まだ財布の中か、自分の遊興活動費用としてすでに……。ったく……。そう言えば最近、スーパーニューセントラル駅前南口店の話を、先生は盛んに口にしていたな……」

そう言うと同時に、吉川は手帳を閉じた。

「間違いない。井上幹夫先生です。うちの事務所の通帳から引き出したんだ。それならそうと、どうして言ってくれないのかなあ」

「何やら事情がうっすら見え隠れ、ね」

そう言って雅代は、打合せの会議室を目指して席を立った。

「解りません。あの先生の考え方は読めません。お手上げギブアップ状態です」

「それはともかく……。そろそろよ、時間一杯。行きましょ」

しかし吉川誠治は内心、井上幹夫が寄付を事務所に申し出てくれなかったことが、残念で仕方がなかった。大金ではあるものの、ベラボウな途方もない金額まではいかないのに、自分が井上に細かいことまで問い質すため、自然とわずらわしさを井上が感じているのかも知れない……。だが、どんな額でもどんな理由であっても、使途不明金はまずい。これが重なれば税務申告でも必ず破綻が生じる……。そんなことを考えつつ心を鬼にして、吉川誠治は自分の気の緩みを改めて厳しく縛り直していた。どうしたらいいのか？　それが見えなかった。身動きが取れなかった。すべてを捨ててこのまま何処かに逃げ隠れてしまいたい、とさえ感じていた。

＊＊

吉川誠治にとっては印象に残る出来事が次から次へと続出する、忘れられぬ一日の始まりを迎えた。

「井上の方からは全く聞いておりませんでしたので。……週末土曜日の午後。その時間帯はつまるところ、ダブルブッキングかも知れず……。責任はない、関係はないと言われましても。……解りました。井上本人を捕まえて確かめましてから大至急、折り返し電話連絡いたしますので。……はい。本州テレビの大石様ですね。……はい、私井上幹夫の内弟子兼アシスタントの吉川、吉川誠治でございます。失礼いたします、はい」

電話を無作法に切られてしまった吉川は憮然とした表情で、井上幹夫のスケジュール表を今一度見つめ直していた。土曜の午後には、本州テレビのホの字も記入されてはいない。記入されていないということは、井上が井上幹夫事務所に仕事を通していない、ということに他ならない。

「次から次へとまったく、本当にコリなくキリなく」

吉川のつらい愚痴の独り言が、事務所のデスクの空間にこだました。これ以上何かが起きれば対処のしようがなくなる。その防波堤を担っていた井上夫人の啓子が、もう戻らないと出て行ってしまっている以上、専属のマネージャーとか会計士を付けるようにしなくては、とてもじゃないが収まらない。特に仕事の請負面では相手先に損害を与えることも考えられ、ヘタをすれば損害賠償請求されるなんて、不祥事が生じる可能性だってあるのだ……。吉川は心配だった。自分が出来る範囲のことは協力しようと努力してはいるのだが、何せシロウトのにわかアシスタントである。目の届かぬところがどうしても出来てしまう。自分の小説エッセイの勉強どころか、師匠が無事にこれからも書き続けて行けるものかどうなのか、そちらの方が心配だった。不安がますます増幅し、募って行った。

そんな矢先、ドアの開閉音が響き吉川の不安の源、震源の中枢そのものが帰って来た。井上幹夫である。何が起きているのかを知る由もなく、近所の行き付けスーパーのレジ袋を片手に、鼻歌混じりでの御帰宅光景である。そして、それを見た吉川はさすがにムッとした。

「勝手に仕事を請け負って来てスケジュール確認もしないで、一体どうするんですか？　ダブッていますよ、今度の土曜日お昼過ぎ」

「そうだったかな。でもね君、間違いは誰にでもある。仕様がないだろ吉川君。その土曜日午後の時間帯をうまく二つに切り分けようよ。いるか、カラオケハウスのオマケチョコ」

「こんな時に……。ノドを通る訳、ないじゃありませんか」

「そんなことを言わずに。何とか対処しようよ、吉川」

「こっちのスケジュールに今から合わせて貰うんですか？　そんな……。無茶ですよ」

はっきり言って井上はまだ、何とかなるだろうとタカをくくっている様相色模様だ。心配の度合い、レベルの見定めが、井上と吉川では格段の相違なのである。

「いいかね吉川君」

井上が大きな声で話し出したので、吉川誠治は思わず姿勢を正して、メモ用紙の準備をしようとした。

「どうぞ、先生」

「むむっ、無茶は通すために存在する」

井上が威厳を持って言い切ったので、吉川は誰か歴史に残る著名人の言葉だろうと考えて、メモ用紙にしっかりと記入した。

「誰の言葉です？」

「まさに、井上幹夫の、たった今だよアドリブで」

吉川は、ガクッと疲れを感じた。

「冗談を言っている場合じゃあないんですよ、井上先生。一体、本州テレビの仕事って何を請け負って来たんですか？」

すると井上は、著名なお笑いタレントをマネて、腰を左右に振りながら言い放った。

「フンドシ」

「何ですか、フンドシって」

「『スターお願い行脚（あんぎゃ）』ってコーナーがあってね。言っていなかったか、本州テレビの大石君は」

「大石さんはバラエティー番組としか……」

吉川は、一度たまたま見てかすかに記憶に残っている、そのバラエティー番組の内容を思い出していた。

「シロウトさんの家庭を回って無理な注文を聞いて貰うって、あれですか？」

毎回異なるゲストが登場して一般視聴者を巻き込んで行く、巷では高視聴率のバラエティー番組だ。

「知っているじゃないか、吉川も」

「それで、フンドシって？」

「フンドシイッチョで私と一緒に町中を歩いてくれるフンドシマンを、十五人以上探す」

吉川は呆れていた。どうしてそんなバラエティーを井上が請け負って来たのかが、解らなかった。

「先生、それって何か意味があると思います？　フンドシイッチョが先生のプラスになる仕事ですか？」

「私のフンドシ姿での奮闘が、視聴率をさらに引き上げ番組価値を一層高める」

「視聴率……」

「この前呼ばれて大名行列をやった時なんかねえ、道すがら、おひねりとかお賽銭とかが、バンバン飛んで来たりしてさ。ヅラ外して受けようとしたら監督が怒ってね」

「住民の皆さんは、チャリティー番組の募金活動と勘違いしているだけですよ、そんなのは……」

「とにかくねえ君。もうすでに視聴率二十五％も取っているバラエティーなんだから」

やる方もやる方だが、それを見る方も見る方だなと、吉川は自嘲気味に冷笑した。

「視聴率二十五％ねえ。どういうつもりなんですかねえ。日本人て、何を考えているんですかねえ。あの番組を日本中の四分の一の世帯で、見ているってことですか」

「あのキムタクやら、キンチャクやら……。スナップだっけ、スマップだっけ」

「スマップでしょう。もう解散しましたが」

「そうなのかい。解散ねえ。まあ、いいか。その『スランプ』にも匹敵するぞ、君」

「何が、スナップやらスランプですか」

それは、これから先に知名度を上げようとする無名新人のタレントあたりであれば、羨望の的の番組なのかも知れない。しかし井上幹夫はすでに名を成し功を遂げて、教育番組の特別講師に呼ばれて、白衣を着てホワイトボードを用いながら「小説を書く視点」とか「小説の素材発掘」とか、もっともらしいテーマの講演をするような立場にいる、著名文化人の一人なのだ。

「二十五％だよ。優良番組なんじゃないの、君」

「先生。東都放送の、オネエ言葉の続編の方が、まだマシです。本州テレビのフンドシイッチョの方は、キャンセルしてください」

吉川は、傷口を小さく留めるには、両方を病気理由にキャンセルするか、片方を生かしもう片方は絶縁覚悟で切り捨てにして諦めるか、どちらかしかないと考えていた。ただし両方キャンセルの作戦は、井上自身が絶対に納得しないだろうと踏んでいた。

「吉川君、君ねえ、簡単に言うけれどねえ、本州の大石君とは約束しちゃったしゴルフ仲間だしね。この前のコンペなんかさあ、池ポチャ勘弁してくれたし……。見なかったことにしようか、とか言ってくれてさ。芸能人特別忖度裁定だなんて、よくやるらしいんだよ」

どうでもいい理由をとうとうと述べる井上の顔を眺めているうちに、吉川は頭が熱くなって行き、その熱気が顔ににじみ出て来るのを感じていた。

「かっかっかっ、関係ありません。芸能人特別忖度裁定だなんて、そんなこと」

一瞬、井上の表情が固まった。

「そんな金切り声をあげるなよ」

「そうはおっしゃいますが、どうやって同時に二カ所に仕事しに行くんですか」

さらに、井上の表情が引き締まったように、吉川には見てとれた。

「そんなことを言わずに何とかしてくれよ、吉川。時間をうまく二つに分けてさ……」

「もう、何とかのしようがありません」

すると井上はスネたように黙りこくり、自分が座るジュウタンの付近を人差指やら掌でコネ回し出した。まるで子供なのだ。こんな状況でこの人は本当にこれから先、ちゃんとやって行けるのだろうか。思い切って一人にさせるのも方法かも知れないが、それじゃ破綻が大きくなり過ぎて、この人には重荷になり過ぎるのではないか。誰かが常に側にいて、防波堤役に徹しなくてはならないのだろうか？

「もう、いい！」

「そんなに怒るなよ、吉川」

吉川のかつての同僚遠藤美代が言っていたように、こちらは出直して専門学校にでも行って、初歩から創作の勉強をした方がいいのかも知れない……。いろんな事柄が吉川の頭の中をかけ巡っていた。

「この四カ月、ハリセンから始まって露天風呂？　ムチにロープ？　オネエ言葉？　銭湯にワインレッドの車？　そこまでは許しましょう、そこまでは。でもねえ先生。フンドシイッチョで町中を歩くかなあ。何が大名行列ですか。何がオヒネリですか。何が特別忖度裁定ですか。先生は日本を代表する、世界にも名前を轟かせようという作家なんですよ。プライドを持ってください」

吉川誠治のノド元からは一気洪水のごとく、ドッと言葉が流れ出していた。言いたいことを言って井上がクビだと言えば、それはそれで仕方がないと、すでに割り切っていた。

「こんなことを弟子に言われる師匠がおりますか。日本中を探し廻ったって井上幹夫先生ただお一人ですよ。先生の御家族からもムチやロープはやめさせて、と釘を刺されているんです。私の身にもなってください。いい歳している……」

そこまで吉川が言うと、今度は井上の方が頭をカカカッと沸騰させて叫んだ。

「うるさぁぁい！」

リビングに響き渡った井上の叫び声が、壁に吸収されるのを待つようにして、当の井上が言葉を継いだ。

「君は私の心を、きちんと読もうとしたことがあるのかね？」

「先生のスケジュール調整で、いつも大抵ほぼおおよそ、頭が一杯め一杯です」

「そこが間違っているって言うんだよ。君ねえ、私の弟子になりたいって君が私の所に飛び込んで来たんだろう？」

「その通りです」

だからとにかく何とかしてくださいよ、と吉川は付け加えたかった。しかしそんな吉川の気持ちとは裏腹に、井上幹夫は吉川を頭からナジッた。

「君も啓子も、まったく解っとらん」

「もう充分に把握しているつもりですから。先生の無茶で目茶な仕事の構図は。それは奥様も全く同じことだと思いますよ」

「そこまで言うのなら君、私の代表的な作品のタイトルを言ってみたまえ」

今更何を言うんですかという気分ではあったものの、吉川はおさらいをするつもりで、自分が読んで心より感動した井上幹夫の作品を数点、口にし出した。

「軽談社文庫の『笑顔よ永久に美しく』。新海文庫の『胸踊らせて、その土地の笑顔に』。関東経済新聞出版局の『笑顔の底に燃えるともしび』。それに青色出版社の……」

「もう、いい」

「いずれも文学史に残る名作。うち何作かはテレビドラマ化も間髪入れずになされているし、制作会社がスポンサーの意向を加味して、なるべく原作に忠実にと意識して演出された、完璧な作品もある訳で……」

　井上は、サイドボードに並べて置いてあった、ノンアルコールビールの半ダースケースを壊して一缶取ると、冷やしもしないでプシュッと開け、吉川に差し出した。吉川がいらないと掌で丁重に断ると、それを予測していたかのように自分の口に運んだ。そして一口飲み込むと、ため息をつきながら話の続きに戻った。

「君はねえ吉川君。そんな作品達の上っ面しか眺めていないんだよ。何処が名作だと言うんだね」

「良い物は誰が見ても良いと思います」

「答になっていないよ。君は、私の作品が出来たいきさつ、成りゆき。そんな個別の歴史を知ろうとしたことがあるのかね」

　作品個別の歴史……。そこは確かに吉川の眼が届いていない陰の部分ではあった。

「それは……」

「ないよ、ないない。君は、私の作品一つ一つの言葉の奥底に、何がどのように潜みどのように眠っているのか、一度だって探そうとしたことはないんだよ、君」

「それは忙しかったし……」

この言い訳発言はあまりにもおこがましい内容だと、吉川自身も心の中で反省していた。確かに様々な雑用にかまけて、井上幹夫の作品自体を充分に掘り下げる努力が足りなかったと、吉川は反省していた。そんな心の色を見透かしたように、井上がすぐさま呼応した。

「忙しかった、なんて言って、またまたまた。すぐに人のせいにする。君は、私の仕事の調整をする為にうちにいる訳じゃあないんだろ。第一目標としてだ、吉川君。君自身が小説作成の勉強を積むことに、精を出さなくちゃあならんのだろ？」

痛いところを吉川は突かれたので、まともに言い訳も出来なくなっていた。

「先生の話も解ります。それじゃあ先生。井上幹夫の作品の奥底を見せてください」

吉川がそう言うと、井上はそれ見たことかと反論した。

「それが、それが、解っていないって証拠なんだよ。自分自身が、言葉の奥底を見極めよう、そこから何かを掴もうと苦しんで奮闘努力するんじゃあないの？　どうしてドサッとおぶさろうとするの？　だから弟子は嫌だと最初に言ったんだ」

「しかし井上先生……」

「シカシもカカシもアラシもタワシも、ない！　それにサラシだってカラシだって」

完全に井上のペースになってしまった。そして井上は、ノンアルコールビールでうがいするかのようにガラガラと喉を鳴らし、それを抵抗なく飲み込んだ後、ボソッと言った。

「明日北海道に行くよ」

「はぁ？　北海道？」

本当に突然で突飛な話であった。

「北海道じゃ問題でもある？　何か文句ある？」

吉川はすかさず、決定済みの井上のスケジュールを頭の中で対比させていた。

「四日後にモメる原因になったテレビの収録ですよ」

行って帰って来るだけならば、二日もあれば余裕で東京の仕事に戻れるのだが……。

「君自身が言っているんじゃないか。テレビなんかクソ食らえなんだろ」

「そんなことは実際には言っておりません」

「君ねえ。実際の言葉とは違っても、そういうニュアンスは君の心の中にあるだろう。そこなんだよ。作品を作るんだろ。作品には君、人間の心が介在するんだからねえ」

「ま、まあ……。確かにその通りですが……」

吉川誠治は、ニュアンスつまり、意味合いという井上幹夫の表現を、しっかりと心の中にメモしていた。

「君の言葉はねえ、全部、テレビなんかどうでもいいだろうって、そういう感じに聞こえるんだよ」

「フンドシイッチョは考え直すべきだと言っただけです」

吉川の抵抗もこれがやっとだった。作品に人間の心が介在……。井上のその言葉辺りから、吉川は急速にヘコンだ。自分はやはり心の動きに疎いのか…、と……。

「とにかく明日北海道に発つからね」

「何でも急なんですよ、先生は」

「明日のチケット頼むよ。二枚分」

「二枚?」

「君も来るんだよ。釧路まで一泊二日。宿の心配は無用だ」

「私も……。まさか井上先生。駅や空港に素泊りするとか言わないでしょうねえ」

「任せたまえ、吉川君」

またもや井上の気紛れで急に意味なく北海道、ということだったら嫌だなと、吉川は困惑していた。しかし井上の場合は、そういう遊びやゆとりの中で作品を作り上げている部分が、なきにしもあらず。……頭から否定する訳にも行かなかった。表だって抵抗も出来ぬ心持ちの吉川誠治は、井上が何かちゃんと目的を持って、北海道は釧路という地名を出したのだと祈りつつ、パソコンで時刻表を検索して釧路行きの手配にかかった。

＊＊

上空の気流の状態はすこぶる穏やかで快適な筈なのだが、吉川誠治の心は今一つ晴れる由もなかった。結局、例のダブルブッキングの件は東都放送側が時間調整してくれることになり、当日深夜の収録に変更されてことなきを得るに至った。しかしそれでも、吉川は今一つ晴れて来なかった。というのも……。井上幹夫は相変わらず何をするでもなしに、鼻歌まじりに週刊誌を読んだり機内備え付けのヘッドホンで落語とか音楽を楽しんだりしている。作品の構想を練るとか、題材を生み出すのに苦悩するとか、そういう姿を吉川は、「ならてつ」以来トンと久しく見てはいない。……とすると井上は、何時の間に構想を練ったり作品を仕上げたりするのか、という疑問が必然的に湧き出て来る。吉川が昼間に仕事先に折衝しに行っている間か、はたまた寝静まった夜中深夜の三時前後か……。しかし吉川が外出から戻って来ると、居間にはパチンコの景品らしき袋が散逸して本人は再び行方不明になっている、とか、吉川の後を追うように外から鼻歌混じりでオマケチョコを食べ食べ帰って来たり、とかいう有り様なのだ。夜中にしても、井上が自室でテレビの深夜映画を見ていた時に、一度声を掛けたことがあったが、こうこうと電灯をつけて執筆中などという姿は一度も見かけたことがない。すると残るは……。風呂、トイレの中か、はたまたやはり「ベンツ」や「ミツオカ」の車中か……。ホントに一体、何処でどのように井上が集中的に執筆しているのか。それは吉川にとってはミステリーに近い疑問点であった。

そんな吉川が飛行機の座席にもたれて、ややウツラウツラしているところに、井上が突然予想外の冷水を浴びせて起こした。井上がコールボタンを押したので、客室乗務員が井上のもとに駆けつけたのである。

「お呼びでしょうか、お客様」

「すまないけれど、薬を飲みたくてね。水を一杯ちょうだい」

吉川は、井上が体調を壊していることなど、本人からは少しも耳にしてはいなかった。

「かしこまりました、お客様。少々お待ちくださいませ」

「お姉さん、炭酸なしのミネラルでいいからね」

フライトアテンダントが離れるのを見計らって、吉川は井上に耳打ちした。

「薬って何ですか、井上先生」

「君にいちいち全部寸分くまなく、言わなくちゃならないのかね」

「当たり前ですよ、先生。体調が悪いのなら仕事だって無理は出来ませんよ。それで？」

井上は、シブシブ言い出した。

「マムシ、スッポン、シカツノ、六年もののニンジンの、合わせ粉末」

吉川は焦ってコケそうになった。

「マ、マムシ！」

声があまりに大きく響いたので、すぐ目の前の女子大生風の二人が勘違いして、キャーッと黄色い声を上げた。そして危うく大きな騒ぎに発展するところを、吉川と井上が「マムシの生態を研究している者でして」とか何とか言い繕いながら丁重に謝り、事なきを得た。

「どうして飛行機の中で、マムシ、スッポン、シカツノ、ニンジン、なんですか」

そんな吉川の遠慮気味の小声ヒソヒソ話にもかかわらず、井上の返答は朗々と……。

「オッホン。元気精力身体につけて、晴れて釧路の土地に立つ」

フシをつけて井上幹夫がそう言ったので、吉川誠治はてっきり、エッセイのサブタイトルかバラエティーのセリフかと感じ取っていた。

「一応メモしとかなくっちゃ……」

「健康食品位で君、ブチブチ文句を言うモンじゃないよ」

「先生。くれぐれもフライトアテンダントの顔を見たさに釧路行きに乗った……。えぇ？　まさか……。もしかしてＣＭ……」

井上が今度は、航空会社のＣＭにでも担がれているのではないかと、吉川は当て推量したのだ。

「新日本航空のＣＭ……。ですか？」

「そんな訳ないだろ、君」

「全日本旅行のパンフとか」

「違うねえ吉川君」

「国際トラベルのキャラクター」

「ノーノー」

そうか……。それならやっぱり……。

「くれぐれもフライトアテンダントの口説きが目当てだなんて、決して決して決して、言わないでくださいよ」

「何だよさっきから、そのフライトアテテアテ……」

「フライトアテンダント、です。少し前までスチュワーデスと呼んでいました」

「そんなモンねえ、君、スッチャデスでいいんだよ、スッチャデス、で」

井上幹夫は如何にも投げやりに、そう言った。何で勝手に親しんできた呼び名を変えなくちゃいけないのか、とでも言いたげに……。

「それはそうとだよ。そう言えばさっきのスッチャの娘、松沼尾根子に似てたよね」

女優の松沼尾根子……。当代きっての人気者である。そしてそんなフライトアテンダント話が、寝た子を起こす引き金になってしまったのかも知れないと、吉川誠治は恐れた。

「あえて今一度言っておきますが、くれぐれもみっともないですから先生、むやみにクドいたりしないでくださいよ。写真週刊誌『ビッグフライ』だって狙っていますよ、先生のことを」

「いいじゃないか君。撮られそうになったらさ、こっちからピースサインしちゃったりしてな」

そう言いながら井上は中腰になって、座席越しに前の女子大生風二人の間に顔を決めて、本当にピースサインなんかをやっている。さらにその斜め前の客がそれを見て、これはインスタ行けるね、とか何とか言って、スマホを向けた。そしてちょうどそんな時、タイミングが良いのか悪いのか、さっきの松沼尾根子が水を持って戻って来て、結局井上幹夫は、大変危険ですのでお静かにお座りください、と諭された……。

何を井上が考えているのか、吉川にはいつものことながら見当がつかなかった。だからこそ想定できる様々な事柄に対して網を張って、釘だけは刺しておかねばならない。そしてそして、無茶苦茶にだけはならないで欲しい……。それが吉川誠治の願いであり祈りでもあった。

＊＊

床暖房の利いた広い室内には、子供達の歌声と打楽器の音色がこだましている。「かあさんのうた」だ。その合唱合奏は、ややつたないが、一生懸命に声を出して、皆で歌を作ろうという意欲が充分に存分に伝わってくるような、豊かな雰囲気だ。言われるままに井上に付いて来た吉川誠治は、そういう具合に感じ取り、聞き入っていた。

「釧路皆成園」。実はこの施設に、井上幹夫は以前から深い関わりがあった。井上はそれを、第三者には口にしたくないからと、誰にもその名前を知らせてはいない。しかし娘の優子が一度、「皆成園」からの礼状、それも子供達がクレヨンで描いたカラーの宝物を、自分宛の郵便物だと勘違いして開封して見てしまったことがあった。井上は優子と約束した。「皆成園」の子供達は自分の友達でもあるし、僕は一生付き合って行きたい。そして気恥ずかしくなるから「皆成園」への援助については、絶対に内緒にしておいて欲しい、忘れて欲しい、と……。「皆成園」が源となり、井上が様々な寄付や支援を行なっているというふうにとられれば、「皆成園」にも取材が入ったり、さらには井上夫人の啓子が、何で私に知らせないでとか、寄付の額が多過ぎるとか、文句を言い始めたりする可能性もある。井上は、そんなゴタゴタはたくさんだった。余分な気遣いはしたくなかった。奔放に作品を作る井上幹夫本来の、時空間の旅を続けたかった。そしてその一環で毎年、人知れず行き先も告げずにフラッと姿を消して、釧路を訪れていたのだ。だから皆成園園長の木村茂子は信頼に足る井上の友であり、良き相談相手でもあった。

「毎年井上幹夫先生には、何かとお世話になりまして」

初老白髪の木村園長は、穏やかな口調で井上に礼を述べた。

「それは園長先生。言いっこなしです。お互い様ですよ」

井上幹夫自身も釧路を訪れることで、その度にすすけた心を洗い清めていたのだ。

「年月がだいぶ走り過ぎて行きましたね。最初にお会いしてから」

「私の学生時代、サイクリングの年以来ですからね。かれこれもう……」

井上は指を折って数えていた。

「二十五年、ですよ」

その園長の言葉を聞いていた吉川誠治は、素直に驚いていた。二十五年前と言えば自分が生まれた年に近似している。

「そんなに前からなんですか」

「ええ、ええ。私がこの養護施設を市から委託されて三年目でした。井上幹夫先生が荷物を一杯に積んだサイクリング自転車で、ブラリと見えて」

吉川誠治は、井上幹夫の少々腹が出て来たスーツ姿を一瞥しながら、当時の井上の姿を想像していた。

「北海道は実家のある函館を振り出しに、一周する計画を立てていてねえ。それが釧路に着いたら、珍しい赤い色をした三角屋根の平屋敷。それも体育館みたいにドカンと大きな建物があるじゃないか。ちょっと覗くだけのつもりだったんだが、一週間もねえ、釧路の町に居着いちまったんだよ、吉川君」

「そうでしたわねえ。何か昨日のことのようですわ」

思い出し思い出しそのように語る木村園長も井上も、この上なく幸せそうだった。

「居心地が、井上先生にとっては百点満点だったんでしょうねえ」

「子供達を見てみたまえよ、吉川君」

子供達は懸命に楽器を演奏している。中には身体の不自由な子供達もいる。

「いい響きだねえ。歌や演奏が不十分だと君には聞こえるかも知れんけれど、皆笑顔で精一杯、頑張っているじゃないか。ねえ君、吉川君」

井上の「笑顔」という言葉が、吉川の耳に共鳴して離れて行かなかった。

「笑顔……」

「そうだよ、笑顔だよ。出来ることを、明るく精一杯に一生懸命に……。いいよねえ、こういう心意気は。いいよねえ……」

精一杯の努力が大切なんだと、井上が自分に教えているんだ、と吉川は悟った。

「大切ですね、笑顔を絶やさないっていうことは」

その直後、木村園長が朗々と声に出して言った。まるで、子供達の演奏と精一杯に競い合っているかのように……。

「『笑顔よ、永久に美しく』。『胸踊らせて、その土地の笑顔に』。『笑顔の底に燃えるともしび』って、全部笑顔よねえ、井上先生の作品は」

吉川誠治は、井上幹夫と演奏の子供達を見較べていた。

「そうだったんですか。井上、先生。そう、だったん、ですか……」

「皆成園のことを知っているの、吉川君、君だけ。優子もちょっと知っているけれどね。サービスして教えちゃったぞ。君、君、吉川君」

そう言いつつ井上は、肘で吉川の二の腕をつついた。

「ここの……、皆の……、笑顔……。それが、井上先生の作品の……、言葉の奥底……」

その時の吉川誠治の心の言葉は、なかなか口元から表舞台に出ては行かなかった。たどたどしくポッツンポッツンと単語がついて出るだけだった。吉川誠治には、やっと解ったよ、言葉の奥底が、と、眼からウロコが落ちるような気分であった。

「毎年来てくださる井上幹夫先生を、皆よく知っていますから、先生がテレビに出れば大喜びです。どんな番組でも、皆一緒に応援していますよ」

「皆どんな顔をして見ていますか？　照れるなあ、こりゃこりゃ」

「皆明るい笑顔ですよ。もちろん、存分に温かいホンワカした笑顔ですよ」

吉川は、心が温まった、という満足した気分に浸っていた。ポカポカであった。

「明るい笑顔ですか。本当にありがたいことです。まるで湯タンポみたいだよねえ、吉川君」

「子供達に顔を見せたいっていう理由で、先生はテレビに……」

吉川がそう言った時、ちょうど子供達の演奏が終わった。井上や吉川が拍手すると、ちゃんと図ったようにアンコール曲が始まった。青島幸雄作詞、中村八大作曲、歌手坂本九が大ヒットさせ、その後も繰り返しカバーされている名曲「明日があるさ」であった。井上達二人が今回突然訪問したことを考えると、子供達が普段からある程度規則だてて、演奏やコーラスを練習していることが伺える。

『明日があるさ明日がある
若い僕には夢がある

いつかきっと　いつかきっと
わかってくれるだろう

明日がある　明日がある
明日があるさ……』

「どうしたんだね吉川君。季節外れの花粉症勃発か？」
吉川の顔はクシャクシャになっていた。明日に繋げて考える歌詞の健気な部分を、自分に置き換えようとしていたのかも知れない。そしてグシュグシュ言いながら、やっとのことで吉川誠治は、師匠井上幹夫の問いに応じた。
「いいえ、いいえ、先生。何をおっしゃいます。眼にゴミが入っただけですよ」

「そうかね。変だねえ。私は何ともないんだけれどねえ」

「ホントにゴミですよ」

吉川がそう言うと、井上は自分のポケットから、少しシワが寄ったハンカチを吉川に差し出した。吉川は、そのハンカチを井上が空港のトイレで、顔を洗った際にゴシゴシ使っていたのを、見て知っていた。しかし吉川は、そのハンカチを遠慮せずに借りて眼もとを押さえた後、さらに遠慮無しに鼻をかんだ。そして後で洗ってお返ししますと、自分のポケットに仕舞った。

「さぁてと。今度は私の出番だな」

「今回もやっぱりおやりになりますか、井上先生」

「勿論ですよ、園長先生」

アンコールを演奏し終えた子供達が、今度は「イ〜ノウエ、イ〜ノウエ」と井上コールを繰り返している。吉川は、現実に引き戻された。

「勘弁してくださいよ、井上先生。何ですか、先生の出番って。もしかしたら、フンドシイッチョ……」

「ノーノー、吉川君」

「ええっ！　まさかの全裸水かけ踊り……」

子供達が、ウェーブまで始め出した。

「心配するな吉川。井上幹夫の恒例、和太鼓の乱れ打ちだよ、君」

井上コールが、「ワ〜ダイコ」コールに変わった。

「これをやる為にねえ、マムシ、スッポンの合わせ粉末をシッカと飲んで来たんじゃないか、君」

「確か、シカツノとニンジンも入っていたかと……」

「吉川君ねえ、そういうところがねえ……、君、堅い……。どうでもいいんだよ、そんなことは」

そう言うと井上は上着を脱いで舞台に上がり、養護教諭何人かと協力して太鼓を中央まで引き出し、バチを両手に乱れ打ちを始めた。力強い響きが子供達の興味心を誘って離さなかった。吉川は、こういう生き方もあるのかなと考えながら、井上の勇姿を見守っていた。自分の格好良い部分を外部に一言も言い漏らさず、言い漏らせず、誤解ばかりを次々に生んで自分の家庭まで崩し、それでもまだ自分のスタンスを頑固に変えようとしない。ふざけているようだが本当は大馬鹿真面目なんじゃないのか。吉川はそう感じていた。その馬鹿真面目さから作品が生じて来るのだとしたら、自分もその馬鹿真面目な部分をまねて、作って行かなくてはならないのか。いや、馬鹿真面目は井上幹夫のトレードマーク。自分は自分で作品の色を、独自に見つけようとしなくてはならないのか……。いろんな事柄が吉川誠治の頭の中を駆け巡っていた。……まあとにかく、井上先生には一言を……。井上が充分に太鼓を叩き終わったら、ご苦労様でしたと一言声を掛けよう。心から、ご苦労様です、と、声を掛けよう。そう考えていた。

## 第五章／

# 何！　吉川誠治がＣＭに？

「井上幹夫先生のアイデアを元にして、素材を俎上に寝かせまして。倉岡さんに話を持ちかけ相談致しました。そして弊社津山のＣＭシナリオを何本か作って貰ったと……。こういう次第でございます」

津山写真工業、つまり吉川誠治の古巣の会社の平井宣伝担当課長が、本社宣伝部内の専用喫茶室で、井上、吉川両人を前にして、そのように切り出した。井上幹夫を起用するという本決りの内容は、吉川自身も井上本人から何度か聞いており、心に留めていた。それにしても今回のＣＭは面白い作り方をするものだな、と感心していた。

「皆さんにも披露いたしまして、この内容で行けるようでしたら、今度は改めて制作会社の電創通信社にタイアップの形で話を持ちかけ、議論を深めて行くことになるでしょう」

「つまり、共同制作という形ですか」

「その通りですが、まあ、そこまで進んだら、その先は業界売り上げ屈指の制作プロの面子もあります。向こうがリードして良い作品を作ることでしょう。やや電創通信社が中心に近くなるでしょうね」

確かに制作会社レベルの会議では、喧々囂々（けんけんごうごう）喧嘩まがいの議論が繰り返されるが、それより前に発注側である客側の広告主が単独で、それも細かい点まで制作のプロまがいに下準備をして、仮作品まで試作する、などというケースは、コスト面からしてもあまり多い例ではない。大枠で、こういう商品がこういう幅広いユーザー層に支持されるようなCM内容で、とか注文して、制作会社に案を幾つか作って貰い、それを叩き台にして一本にまとめて行く、というのが平均的な制作方法だろう。しかし今回のCM作成では、広告主つまり発注側の津山写真工業が、まず初めに面識のあるシナリオライターにCMの筋書きを何点か作って貰い、それを出演依頼しようと予定している実績のある井上幹夫に示して、相談の上で大筋を作る。その後にようやく、世間で言う制作レベルの電創通信社に話を持ち込み脚色して貰う、という制作方法を採っている。

「報道などの調べによりますと、こういう制作方法もすでに国外では、それほど稀有な珍しい手法でもないように聞いておりまして」

平井課長は、よそ行き顔で格好いいだろうとでも言いたげに、姿勢を正して胸を張り、そのように言い放った。海外の営業支社勤務や特許事務等、多岐に勤務経験の豊富な平井課長は、仕事に関しては自信の塊で、若干軽さはあるものの、確かに何処か格好が良かった。

「国外ねえ。そんなモンですかねえ」

国内のコマーシャルなら制作会社主体という感覚が出来上がっている。その道の勉強を多少なりともカジッたことのある吉川誠治にも、メーカー、つまり客側主導の今回の手法にどんな大きな利点があるのか、正直言ってよくは解らなかった。

「いいねえ、いいねえ。会社のCMは本来、その会社主体で作るのが一番いいんだよ。そうだろ。だってさ、商品を一番知っているのは、その商品を作る人とホントに使っている人なんだから」

井上幹夫は、平井課長の説明にそのように反応してから、抹茶ぜんざいの小餅を口の中で右左、左右と動かした後、飲み込もうとしてムセた。

何をやっているんだろうとハンカチを差し出しながら、吉川にはムセる井上も気になったが、さらにもう一点確認したい事柄が残っていた。

「平井課長」

「何か？」

平井は、井上がムセようが吉川が真面目に質問しようが、至って格好の良いクールさを、依然保っている。

「あのう……。御社が相談した倉岡さんというのは、もしかしたらテレビのバラエティーシナリオを書いている、あの……」

平井課長は、井上はともかく吉川も倉岡と面識があるのかという、意外そうな表情を見せた。

「そうですよ。あの倉岡周太さんですよ。御存じでしたか。笑わせますよねえ、あの人のシナリオは」

「あの管理職の女言葉……」

吉川は、東都放送の広瀬雅代ディレクターの視聴率アップ大作戦を思い出していた。井上が出演すると視聴率が上がるからと、パンツでもフンドシでもいいから何でもやってよやってよと言い迫ってくる、あのスタッフ達とあのシナリオ作家……。正直吉川には、あまり良い印象が残ってはいなかった。

「吉川君、君ねえ、先入観はいかんよ先入観は」

「しかし……。あの作品は、衝撃度百二十%超級でしたから」

「まあいずれにしましてもうちとしては、お二人が作者と知り合いで良かった。次のミーティングでの最終の詰めには、現在海外取材中で不在の倉岡さんにも必ず出席していただく予定ですので、悪しからず」

メンバーの中から小声で、今回は関係者の顔見せお認め貰いだからね、という言葉が漏れた。吉川にはその意味が、はっきりとは解らなかった。そしてその時、平井課長と井上幹夫が目配せし合ったような気がした。どうにもそれが心に残り、吉川は平井に質した。

「本当に平井課長さんは、私達が、あの作家と知り合いだということを御存じなかったんですか？」

「勿論その通りですが？」

口調がトボけていると吉川は感じたが、それ以上はトゲの立つ深い追及はしないことにした。

「とにかくこの際録音機材を使って、もう少し内容を詰めたいので、弊社専用収録室の方に席を移してお話し願えませんか」

「そりゃ、いいねっ」

井上が突然茶目っ気タップリにそう言い放ったので、吉川も平井も、近くを歩いていた飲み物ビュッフェ担当の従業員も、驚きのマナコを井上に送った。

「そりゃ、いいねっ、て……。まあそうなんですが……。とにかく次回までに、井上先生と倉岡さんの方から問題点が指摘されなければ、制作会社の電創通信社に、今度はうちの方から具体的に相談することに……」

「そりゃ、いいねっ」

二発目の井上の攻撃に……。

「先生！」

さすがの吉川もタシナメの一発を返した。しかし、そんな一言をも井上幹夫は、軽く一蹴した。

「吉川君。君ねえ、日本人はオジチャンもオバチャンも、ジイチャンもバアチャンも、子供もさ、茶目っ気のワンパターンにベタで弱いんだからね。そういうこともちゃんと学べ、学べ。ちゃんと君の耳にしっかり根強く残っているだろ。『そりゃ、いいねっ』が」

井上は、吉川に創作のヒントを与えていたのだった。

「は、はい、先生。ご教示、ありがとうございます。メモしとかなくっちゃ」

「メモよりも良い作品だよ、君」

井上は最後の小餅を口の中に入れると、またもや頬の中で左右に行ったり来たりさせている。そして平井課長他周囲の者は、やっぱり井上幹夫だけのことはあるな、と感心顔になっている。吉川もメモしながら、すごいなと感激していた。そして、この井上の「そりゃ、いいねっ」が、後日ヒットフレイズとして、メディア中心に様々な場所で受け入れられ使われるようになるとは、この時の吉川誠治は、微塵もカケラほども予想してはいなかった。

十人ほどが入れる防音設備が整った収録室には、テレビ、ビデオ、ＤＶＤ、録画録音機材等が所狭しと備え付けてあった。どうやら、社内放送や社内向けの広報ビデオ等の作成にも利用されている設備のようである。そんな比較的小さな広報宣伝企画専用の部屋に、井上と吉川は通された。そしてそこで準備をしていた女性を見て、吉川は驚いた。あの広報部の遠藤美代が他の従業員に混ざって、資料やミネラルウォーターの準備をしていたのだ。

「美代さん」

遠藤美代は井上や吉川の出現には、あまり驚いてはいない面持ちだった。

「ああ、吉川さん。先日はロビーでどうも、吉川さん」

美代が二度も吉川さん、と連呼したのが、やけに吉川の頭にこびりついた。

「スミにおけないねえ、吉川君。そんな間柄の娘が津山写真にいた訳？　えっ、えっ？　吉川君」

入室していた関係者全員が、シッカと吉川の顔を見て確認したふうに思えた。井上がそんな風に大声を張り上げて話すものだから、その収録室中に声が行き渡って吉川が注目を浴び、気恥ずかしい思いに頬を紅潮させた。

「あの…。間柄だなんて、そうじゃありませんよ、井上先生。この美代さん、いや、遠藤さんは、昔私が所属していた大阪事業所時代の同僚で……」

「この期に及んで隠さなくったっていいじゃないか、吉川君」

井上が押しまくるのを見て、平井課長が吉川に助け船を漕ぐ形で、言葉をはさんだ。

「遠藤君には、吉川さんが関西工場で顔見知りだったと聞いておりました。そこでしばらくの間、遠藤君には隣の広報から宣伝企画の方に応援で来て貰うように、私の方から手配いたした次第でして」

「そういう訳でよろしくお願いします、井上先生、それに、吉川さん」

「おぉ、おぉ。いいねいいね、吉川君。そりゃ、いいねっ」

「何が、そりゃ、いいねっ、ですか」

井上の異様なはしゃぎぶりを見ていると、どうも、平井課長等宣伝企画部だけの発案ではないような気がする……。そんな風に吉川は感じていた。たかが作家の内弟子兼アシスタントの吉川誠治。その知り合いが隣の部署にいるということだけで、一時的にせよ応援異動させるだろうか？　遠藤美代が平井課長にたまたま吉川の経歴を話し、それを平井が井上幹夫の耳に入れた。井上が、それじゃその遠藤さんとやらに手伝わせてよ、などと、いつもの冗談含みの軽いノリで平井に頼んだのではないか？　ところが、平井課長の方は井上の言葉だからと重く感じ、忖度して勤め人魂できちんと受けとめた。そして自分の言葉通りに平井が動いてくれたので、井上の方は子供のように無邪気に喜んでいる……。そう考えれば全てのつじつまが合った。しかし本当に、それだけの事柄なのだろうか……。

「今日は遠藤君には、下読みのナレーターを頼んでおります」

「私には荷が重過ぎるとは感じたんですけれど……」

美代はそう言いながらも、満更でもなさそうに笑顔を振りまいている。

「吉川さんの工場時代に知り合いだった遠藤君に手伝って貰えば、井上、吉川御両人の演技の方の弾みにもなるだろうと、知恵を絞った次第でして」

待てよ。今確かに、御両人、と平井課長が言ったな、と吉川の脳裏にうっすらと不安が過った。

「ちょ、ちょっと待ってくださいよ、平井課長さん」

「何か?」

口調はまた再び、いつもの細身でクールな平井課長に戻っている。

「今、御両人の演技、とか言われませんでしたか？」

「確かに」

「確かにって……。何が、確かに、ですか！」

「君も出るんだよ、コマーシャル」

　そんな井上の言葉に、吉川誠治は両眼をビー玉の様に丸くした。一方の井上はと言えば、平然プラス自信満々。当然の事柄だというように、吉川に言い放っていた。これが目的だったのだ。吉川を絡ませる為に遠藤美代を応援に配置したのか……。

「先生、そんな勝手な強引な」

「君ねえ、吉川君。堅いことは抜きにしてさ。君ねえ、大事な彼女も見ていることだし」

「何が彼女ですか。昔の同僚です」

「堅いんだよ、君。もうね、小さい小さい。どうでもいいからさ、大きく大きく。やってみようよ」

「私は井上先生の内弟子で、小説作成の勉強をしている、身分身の上道すがらなんです」

「いいねえいいねえ。身分身の上道すがら、か」

　何時の間にか吉川の口調が、井上のそれに、さらにダブッて似通って来ていた。

「それこそ私もメモしなくちゃならんな」

「何がメモですか、井上先生。話を反らさないでください」

「だからさ、吉川君……」

「考えてもみてくださいよ。私なんかＣＭに使っても、面白くはありませんよ」

そんな吉川の言葉に、待ってましたとばかりに井上が反論する。

「そこがまだまだシロウトのアカサカミツケって言うんだよ、君。テロップで、君ねえ、『内デシの吉川サン』とか出ればさ、ククッ。前回のハリセン並みに受けるよ行けるよ君、吉川君」

吉川の実名をＣＭに晒そうだなんて人の気も知らないで、と、吉川は井上のプランに閉口していた。

「私はこれでも勉強中の苦学生……」

「何が苦学生だよ。いい歳して。そういうところがねえ、太文字の大バカ真面目って言うんだよ、君。初対面の時だったよな、忠告しただろう。真面目だからって面白い小説が書けるとは限らん、って」

「されどしかしだけれども、ですよ、そもそも私は芸能人ではありませんので、そんな演技なんか……」

平井他宣伝企画部の関係者達は、それを聞いた途端シラッとした雰囲気になり、ピシッとした姿勢の平井課長以外が、何故か各自の席でダラケた。緩んでいる状態だ。そして企画関係者の女性のうちの誰かが、小説家だって芸能人じゃないの、とか小声でささやいた。それが井上幹夫の耳元にもしっかりと届き……。

「そうだよそうだよ。君ねえ、制作現場の体験だってねえ、創作活動には大切な要素なんだよ、吉川君」

「四国の実家から、ムチやロープだけは出来れば控えてくれないかと、すでに釘を刺されているんです」

そんな具体的な話は出てはいなかったが、そうやって固辞する理由を無理矢理作って吉川がそう言うと、今度は平井がクールに反応した。

「この際はっきりと申し上げておきますが、ムチやロープを用いる予定は、今回のプロジェクトには一切ございません」

「ロウソクやフンドシ、それに全裸とか……」

「加えて、一切ございません」

「ほらほら、吉川君」

「それに作家の倉岡周太さんも、井上先生に相手を使うならば、いわゆるタレントじゃない方がいいのではないかと最初に言われましてて、そちらの方も折り込み済みでして」

「君ねえ、部署は違うだろうけれどねえ、君の元の先輩上司の平井課長だってこう言っていることだし……」

「しかし、そういう問題ではないと……」

吉川が駄々をコネていると、急に井上が歌い出した。「♪かあさんがよなべをして〜」と、「かあさんのうた」だ。そして、途中からハミングに移行すると、周囲にいた津山の本社宣伝担当従業員達も一人二人と協力し出して、ハミングに厚みが増して来た。まるで前練習をして準備したみたいに、ヤケにハモりが上手だった……。そんな中、平井課長だけはクールにミネラルウォーターを飲んでいる。そしてそんな平井さえも、しまいにはタクトを振るような手仕種をして、指揮を始める……。

「井上先生、そんな……。あの釧路の一件を思い出させたりして」

井上幹夫のハミングは止まらず、ますます強く増幅して行く。そしてそれに同調するかのように、美代がスックと立ち上がり、吉川の側に歩を進めて一言放った。

「面白そうじゃないの、吉川さん。この際やってみちゃったら？」

「美代さんまでそんな……」

吉川は、ハメられた、と思っていた。井上のことばかりに気を取られて、あまりにも無防備過ぎた、と言うよりも、こんな事態は全く想定していなかったのだ。恐らく、倉岡周太の原案が出来る前段階で、宣伝企画の平井課長と井上幹夫の間には話が通じていた。つまり最初から井上が考えていた吉川共演の案が倉岡にも伝えられ、出来上がったいくつかの倉岡原案の中に本命として含まれていたのだ。そして当の井上が吉川に出演を口説く、という手順になっていたのだが、井上の優柔不断さで言い出すのがノビノビとなり、会議当日になだれ込んでしまった……。こんなところではないのだろうか。吉川誠治はそう考えつつ、どうするべきなのか悩んでいた。

収録室ではテープでBGM、つまりバックミュージックまで入れて通し読みをするほどの気の入れようだ。その音楽に合わせて、遠藤美代が倉岡周太の作った原案のト書きを読んで、それに沿って井上と吉川がセリフを読むという寸法だ。

ト書き「結婚式場の控室。井上、吉川が、出席者の中にいる。バストショット」
井上「吉川君、記念写真を撮っておこうよ」
ト書き「そう言いながらカメラと自撮り棒を吉川に手渡す井上。その吉川、あることに気づき小さな声」
吉川「井上先生」
井上「はぁ？　何？」
ト書き「吉川、目配せで、見えない画面下の方向を示す。前が開いているらしい。井上は慌てて……」

井上「あっ（慌てる）。いかんなあ、いかん、いかん（ジッパーの音）」
ト書き「井上、ズボンを整える仕種」
吉川「それじゃ改めて……。先生、カメラにポーズをお願いします」
ト書き「笑顔の二人、カメラにポーズ」
井上・吉川「はいっ、チーズ！」
ト書き「Vサインの二人にフラッシュが光って、一段落する」
井上「ところで吉川君」
ト書き「井上の声に、吉川、何かと思う」
井上「これ……」
ト書き「井上、黒いズボンを吉川に差し出す。吉川、視線を自分の足下に移す。気づく吉川。複雑な吉川の表情。うなずく井上。うなだれる吉川」
吉川「撮影前に教えてくれないかなあ」
井上「いいじゃないの。完全完璧防水カメラ『ミズオッケースーパー2』なら修正可能！」
吉川「でも井上先生。どうしてこの場所で、完全完璧防水カメラ『ミズオッケースーパー2』なんです？」
ト書き「と、突然、天井から井上と吉川めがけて、大量の水が落ちて来る。凄まじい。呆然とする二人」
井上「これも記念写真、撮っておこうか」

＊＊

大型液晶テレビから流れる津山写真工業のコマーシャル。井上幹夫、吉川誠治がアップで映り、コミカルに例の会話が流れている。実はそんな二人の背後遠くには、ユニフォームを着けた細身のジイサンが、これまた輪を掛けてコミカルにバケツとモップを持ち、左右に行き来していた。これが津山写真工業の社長、津山吉宏だとは、吉川はおろか井上さえも知らされてはいなかった。また、井上と吉川二人がカメラ前でポーズをとる部分は「はい、チーズ」ではなくなり「そりゃ、いいねっ」と変更され、そこだけ後方の津山社長がVサインで同調していた。制作会社の電創通信社に持ち込まれた原案の改良審議段階で、修正がなされたのだ。その際に津山社長の起用も決まったのだという。そして演技が堅くならぬように、社長が正体を知らせないで出演するという話も、社長本人よりの申し出からだった。当然それら変更点や改善点は、原作の倉岡周太も了解していた。知らぬは、井上と吉川の二人のみであった。その撮影本番の日には、変装した掃除のジイサン役を、井上も吉川も業界派遣のエキストラだとばかり思い込み、特に吉川は、元々津山写真の従業員だったにもかかわらず変装した津山社長に全く気づかず、その上「オジサンは、普段はドラマの刑事とかカンシキの役柄もやるんですよねえ」などと話しかけたりしていた……。

そんな津山写真のCMを、制作段階での細かいいきさつなど知る由もなく、それぞれの心のフィルターを通して眺める女性二人がいた。井上啓子、優子の母娘だ。

啓子は元来、夫がテレビに顔を出すこと自体に反対だった。何かにつけてマスコミが周囲に張り付くようになったし、何処に出かけるにも周りにカメラがないかしらと意識しなくてはならない。そういう世間一般とは毛色の違う気遣いが嫌だったのだ。だから夫の井上幹夫には、CM出演まではOK、という条件付きで許していた。しかし、そんな防護柵を無視してバラエティー番組にしょっ中顔を出すようになり、さらには当事者ではない自分にまで出演依頼が来るようになり、終いに啓子はとうとう別居を決意したのである。勿論そんなテレビ問題だけではなく、全てにわたって自分勝手に泳ぎ回る井上幹夫に付いて行けず愛想が尽きた、という心境表現も事実であった。

一方の優子は、父親井上幹夫の生き方には賛同出来る面も多々感じていたし、そういうマルチ文化人的な世界にも興味を持っていた。それが共通の話題になるから楽しかった。しかし母親の啓子が、夫のテレビ出演には不同意に近い意見や行動を常日頃から持っていたので、優子も自然の流れで身近にいる母親と行動を共にしていた、という感が強かった。

「とうとう、あの吉川さんもねえ……。演じてる」

吉川の演技を見て啓子は驚いていた。一年前までは世間一般に言うサラリーマン、それも技術畑にいた人間がこうも変わってしまうなんて……。

「面白いわよ、このCM」

「何が小説家よ、二人とも。コメディアンじゃないの。テレビにばっかり出て」

「津山写真〜」というコマーシャルメッセージが大きく鳴り響き、一段落してから啓子がテレビのスイッチを切った。

「私、お父さんには、やりたいようにして貰いたい。自分の自由にすればいいと思う」

「あんな、無制限ルール無し一本勝負の迷惑男に。よく言うわよ」

娘の優子は相変わらず、心のうちは父親っ子なんだわ、と啓子は感じていた。

「会いたくないの、お母さんは？」

「会いたくなんかないよ、あんなの」

「また強がり。私はお父さんにいろいろと話を聞きたい。お母さんだって結局はおんなじだと思う」

「冗談でしょ、あんな浮気男」

都合が悪くなると夫の浮気話を持ち出してナジる。それがお母さんのクセだ……。ずっとともに生きて来た優子には、よく解っていた。

「お父さんの、あれって、私、根は浮気じゃないと思うよ」

「優子にかかると、あの人はいつも良い人」

そう言って啓子は、夫の浮気は真実だとダメ押しして言い張った。

「スナック『つばさ』の『エイコチャン』ていう人とのことでしょ、お母さん」

「知らないわよ、そんな人」

啓子は「エイコ」という女性を調べたことがある。実際、井上幹夫は「エイコ」と馴染みのホテルに出入りしていた。啓子は娘優子にはその事実を伏せたが、その結果として優子にはそれとなく空気で伝わった。しかし優子はそのことを信じられず、今度は自分が眼鏡マスク等で変装し偽名を用いて、「エイコ」の周辺に近づいてみた。そして、自分は小説家のタマゴで飲食接待業界の取材をしていますと偽り、父親井上幹夫のことを聞き出した。本当に井上が「エイコ」に心を動かしているのかどうかを知りたかったのだ。しかし周辺取材での答えは「ノー」だった。井上幹夫は、かつて会社員時代に役員秘書の経験がある「エイコ」に、ホテルで口述筆記を手伝わせていたのだった。自分の店を持つことが目標の「エイコ」も、アルバイト代が入るわ著名な井上幹夫の仕事が手伝えるわで、積極的に口述筆記での文章化に協力して来たらしい。つまり井上の書斎は「エイコ」を伴った「ホテル」だったのだ。

優子は、「エイコ」の取材内容には嘘や誤認は混じっていない、と確信していた……。そしてそれよりも何よりも、もしも井上が「エイコ」に心を移しているのならば、娘優子達が井上のもとを去っていなくなり、吉川誠治が内弟子として入って来るまでの期間に、当然「エイコ」との口述筆記も井上の自宅で始めていたのではないだろうか？ だがしかし、それは皆無だった。「エイコ」が訪れた気配すら無かった。つまりそれらを考えた時、優子は、井上幹夫の心が絶対に動いてはいないと確信していた。

「戻ろうよ、お父さんの所に」

「優子……」

啓子は、娘がどのように井上を弁護しようとも、全てがそれで解消、とは行かなかった。長年の確執で、心の中に冷えきっているわだかまりの澱みや塊を抱えている。そして自分は、優子の知らない井上幹夫の真実や側面を抱え込んでいる……。

「お母さん……」

優子は、父親に白く奇麗な絹雲のような感情を抱いている。それを一部でも重く暗い寒色に塗り替えることは、やはりいけない禁じ手なのか。優子は、今すぐにではないのかも知れないが、父親に自分が決めた人生の相棒を紹介するシーン。そんな一場面を自然に想定し、綿菓子のような雲の上に思い浮かべているのかも知れない……。知らず知らずのうちに父親の存在を必要としている……。そういう感情が多分、娘の優子の中には存在するのだ。だから今度は私が折れる番なのかも知れないわ……。そのように啓子は、ゆるりと徐々に感じ始めていた。

「大人を長くやっていると、心の中の小さな本音を藪の中に隠してしまおうってコズルい思いが、何度も何度もさざ波のように押し寄せて来るの。たった少しのことでも心に引っかかって許せなくなって流れなくなって安心出来なくなって、本音を語れない。中心の大きな幹は、ほとんど相手と同じ香りとか色形をしているっていうのにね」

「解っているよ、お母さん。だから何度も言っているんじゃない。お父さんのああいう風船みたいな心を、柔らかく包んであげようよ。会いたい時に顔を合わせるだけの関係も、いいかも知れないよ。合わせられるところだけ合わせればいいのよ。事務所にはもう出なくてもいいんだから。細かいことは吉川さんに任せればいいんだから」

啓子は本当に曲げてもいいのかなと、優子の表情を見つめながら感じていた。こんな娘がいてくれて良かったわとも思っていた。

「優子。あなたは名前通りに優しい娘。ホントに優しい娘」

そう言えば、そんな、優子、という名前を最終的に決めたのも、あの井上幹夫の強い意見だった。他人任せでチャランポランなあの人が、あの時ばかりは強く意思表示をしていた。そんな一面もあったんだわと、啓子は明るかった。そして、もっともっと明るくなれるのかも知れないわと思い始めていた。

＊＊

仕事場に大きなクシャミが轟いた。震源は井上幹夫だ。仕切りを隔てた横のスペースで原稿の清書をしていた吉川誠治は、突然の大きなカミナリに驚いた。

「井上先生。風邪をひきますよ」

「大丈夫だよ。それよりもだな……」

ラワン材二枚程度の厚みの仕切り、パーテーションなので、普通の声調でも充分に声が通ってしまう。

「何です？　締め切り間際の例のヤツ、仕上がりましたか？」

ちょうどあたかも吉川が、出版社の編集担当社員のように井上に張り付いて、原稿を催促しているような構図である。

「それはまだだが、何か君、私のことを電話で話さなかったかい？」

とうとう吉川は、走らせていた筆記用具を留めて答えた。

「仕切り一枚こちらの電話じゃありませんか。先生のことを、噂とか悪口とか、私、全く言っていませんでしたでしょう」

「おっかしいなあ、こんなクシャミ」

吉川は呆れていた。

「だから風邪ですよ、先生。もう……。いくらねえ、フンドシ愛好家になったからってですねえ……。風邪をコジらせても知りませんからね」

テレビの「スターお願い行脚」に出演した際のフンドシが忘れられず、さらにその心地よさに目覚めてフンドシ愛好家になってしまったのだ。仕事場内は十二分に暖房しているとは言え……。そんな井上は吉川にも、そのフンドシの使用を真面目に勧めるのだ。しかし吉川は、それだけは丁重に断っていた。

再び、井上がクシャミでパーテーションを揺るがせた。

「井上先生。上着位は、ちゃんと着ければいいでしょう。お客さんが来たら困りませんか？」

Tシャツの上に、東都放送で記念に貰った「トウトくん法被（はっぴ）」を羽織っているだけなのだ。

「大丈夫だよ、大丈夫。ミュージック流してお客にも一緒に踊って貰おう」

言っても聞かないのだ。こういう所が夫人の啓子と相容れなかったのだなと、吉川は「学んで」いた。

「井上先生。実は昨日、奥様から連絡がありまして」

「どうして今頃になって言ってくれる訳」

「先生は午前様だったでしょう。それも帰って来た時には、すでにヘベレケで」

「そうか……。そうだったかねえ」

井上幹夫は外では飲むが、自宅ではノンアルコールビールや緑茶等を愛飲して肝臓を休ませる。これだけは良い習慣だなと、吉川は感心してはいるのだが……。

「奥様がいろいろと、先生の近況を聞いていらっしゃいましたよ」

「どうせ、借金回すな金回せ、とか、そんな苦情のオンパレードだっただろ」

「うまいモンですねえ。借金回すな金回せ、ですか。メモしとかなくっちゃ」

「そんなことは君ねえ、どうでもいいんだよ。それでさ、うまくやっといてくれた？」

吉川はティータイムにしてもいいかなと、後方にあるティーワゴンのカップに、その時はローズティーを選んで仕込み出した。緑茶、コーヒー、ノンアルコールビールに並ぶ井上の好物である。

「吉川君。君ねえ、そんなのどうでもいいからさ……。砂糖二つ」

「こちらから奥様と優子さんに、釧路の子供達から先生に届いた手紙と葉書を、ファックスとメール写真で送っておきましたから」

「またまたまた。君、余計なことを」

「だって膨らんだ使途不明金の一件を質されたら、福祉関係への寄付だったっていうことを隠しようがありませんし……。今のうちに言っておいた方が……。別にですよ、悪いことをしている訳じゃないんですから。キャバレー通いとかギャンブル浸けとは全く異なる、輝かしい出費なんですから」

デスクにティーカップを置くと井上は、吉川のわざと声を低空に引き落として言い放った皮肉の部分攻撃、「キャバレー通いとかギャンブル浸け」を聞き、モロに顔を歪めた。この時点で吉川は、井上が「エイコチャン」にしばしば作品の口述筆記を頼んでいることを、まだ知ってはいない。「エイコチャン」は吉川にとって、あくまでも「スナックつばさ」の「エイコチャン」なのだ。

「アシスタントの女性を雇いますか。そうだ。『スナックつばさ』の『エイコチャン』にでも頼んでみましょうか?」

井上は吉川の、またまた相当皮肉っぽい、その偶然のアタリ言葉にビックリしてムセかけた。

「そ、そんなのはいいいんだ。私は自宅には一人でいたいんだ」

それじゃ私もおいとましましょうかって言い出そうかな、と吉川は一瞬考えたが、言い争いに火をつけるだけ、油を注ぐだけだと思い、控えておいた。

「それよりもねえ、君。女房や優子には寄付や釧路の件は、本当は一切完璧完全に黙っておきたかったんだ。何か君、私のやっていることをベッタリキッチリ知られちゃあ、まるで私が偽善者みたいじゃないか。そうだろ吉川君」

「だからって、悪ぶるのはもうやめた方がいいのと違いますか？」

「悪ぶる？」

「そうですよ。悪ぶっているんですよ、井上先生は。奥様も娘さんも誤解しますよ。そして私だって」

「そうだよねえ、解っては貰えんだろうねえ」

井上はやや寂しそうな表情を浮かべて、用意されたローズティーに口をつけた。それを見た吉川は、ここだ時を逃すまいと、滑り込ませるように言葉を投げ掛けた。

「奥様がおっしゃっていましたよ。主人が今度釧路と接触することがあったら、一目散ですぐに耳に入れてちょうだいよ、と……。泣いてらっしゃったみたいですよ」

井上幹夫が、今度は慌てた。

「だから……。子供達の絵なんか見せてさ……。隠し子でもいると思ったんじゃないの？

まるで逆効果じゃないか。どうするの。札幌とか釧路とか、向こうでも私が何処か、良い店に通っているとでも思い込んだんじゃないのかい？」

「そういう事実はないんですか？」

「イエス。い、いや、ノー」

「イエスッ？　ノー？　そうですか。向こうでは外国人キャバレーですか」

「君ねえ、そんなことは絶対に……。絶対には……」

井上の声が萎み、吉川誠治は、やっぱり、とため息をついた。

「と、とにかくあいつは私の裏を読むからねえ」

「さあどうでしょうか」

「まあいい。吉川君。君の好きにしたらいいよ」

「はい。間髪入れずにすぐに連絡を入れることにいたします」

吉川がそう言うと、井上はため息を一つ吐いてさらに萎んだ。頼みの吉川も女房子供とツウツウでは、何も自由に話せなくなる……。そんな窮屈さが井上には堪らなく寂しかった。

「奥様は、こうもおっしゃっておりましたよ。泣きながら……」

「……ったく。まだ他にも何か、文句を言っていたのかね」

そう言いながら、井上はクルミの乗ったクッキー、ファンの差し入れだとか何とか言っているが、本当は「エイコチャン」からの貰いものである。そんな小振りのクッキーを口に運びながら、井上は吉川の次の言葉を待っていた。

「奥様は泣きながら、主人が太鼓の乱れ打ちなら、私は横笛を練習しておきましょうか、あの牛若丸みたいに、って」

井上の表情が、驚いた。

「横笛?」

一瞬、会話が止まって静寂が走った。欧米で言う、天使が舞い下りて来た、という様な無音の瞬間だ。

「横笛……。あいつがそんなことを……」

「優子さんも、日本舞踊を習い始めようかな、っておっしゃっていました。何故だか急にお二人ともに、先生に対して柔軟になられたような気がいたしますよ」

優子が踊りを、という辺りで、井上はグシュグシュし始めて、自分のフンドシを精一杯引き伸ばして顔を拭った。

「事務所の中ですから花粉症勃発なんて、そんなことはない筈ですが……」

「ローズティー、が、ねえ……」

「そうですか。好物の、ローズティーが原因ですか? それじゃあ先生、休憩のお茶は金輪際止めにしましょうか？　経費節減にもなるし」

井上は、子供のように勢い良く顔を横に振った。

「吉川、くん。ありがとねえ。ありがとねえ、ホントに……」

「私は何も、してはおりませんよ」

「君も今度、釧路では……」

「何か先生のお手伝いを、ですか？」

井上幹夫は感情に流されていると、性格はまっすぐでよく読める……。純粋な人なんだ、
井上幹夫は。吉川誠治は、そのように感じ入っていた。

「そうだよ、そうだそうだ。君、三味線はどうだろう？」

「イヤです」

ポンと吉川がそう言うと、井上幹夫は目を丸くして驚いた。

「どうして……。何で何で。どうしてどうして？」

「私は、太鼓の乱れ打ちが出来るように練習します。いつかは井上先生の代わりがつとまり
ますように」

それは吉川誠治の本音だった。同じように太鼓が打てるようになる。同じように……。そ
こまで自分の技量を高めて行かなくてはならない……。それが自分の究極の目標なのだから。

それが師匠に対する、自分の義務なのだから……。

「そうか。そうだよねえ。そうだそうだ」

井上も吉川の真意を悟ったのか、表情が柔和になって行った。

「そうだそうだ。その意気だよ。君いるか、カラオケハウスのオマケチョコ」

たまたまデスクの上に残っていたオマケチョコを、井上は吉川に勧めた。クッキーを食べている最中だというのに……。

「ええ。一ついただきます」

そう言って吉川は、井上からチョコを受け取って口に入れた。井上のワンパターンフレーズ「いるか、カラオケハウスのオマケチョコ」。弟子入りしたばかりの頃にメモしたことがあるのを、吉川誠治ははっきりと思い出していた。

「先生。私、井上先生にあえてもう一言、申し上げたいことがございます」

「言ってみたまえ。この際、もう遠慮はするなよ、なあ吉川」

吉川は、この場でなら言ってもいいと確信したので、躊躇(ちゅうちょ)なく言葉に出した。

「先生は最低です。いろんな面で」

さすがにその一言は井上には利いた様子で、自分のフンドシ姿を改めてシゲシゲと見つめ直している。

「恐れ入った。当たっているだけに、グーの音もチョキの音も出ないよ、吉川君」

「何が、チョキの音ですか」

「確かにそうなんだよなあ。最低なんだよなあ」

やけにその時の井上幹夫は、従順であった。

「本当に……。最低の最低ではあるんですけれども……。それが最高なんですよ。最高の最高なんです。不思議です。私、井上幹夫先生の弟子であることを、誰よりも心から誇りに感じております」

とそんな時、デスク脇のファックスが呼び鈴ブザーの後、ジーッと音を立てて流れ出した。吉川が急ぎ確認してみると、それは数日前礼状を書いておいた「釧路皆成園」からの再返信とも言うべき、子供達の寄せ書きであった。


『笑顔だよ……いつでも、笑顔……井上先生は、タイコをやりながらでも笑顔……皆で、笑顔……楽しい、笑顔……明るい、笑顔……大変でも、笑顔……えがお……悲しくても、笑顔……世界中が、笑顔……悲しむ人がいたら、笑顔をあげたい……だから、ぼくたち私たちも、笑顔……笑顔で幸せになるから笑顔……え、が、お……おしまいに、皆で、たくさんの笑顔。がんばってください、井上みきお先生……』

井上幹夫に聞こえるように、そのファックス文面を朗読していた吉川誠治の声が湿った。それに呼応するかのように、井上が自分のフンドシをさらに引き伸ばし、ゴシゴシと顔を拭った。そして、それでも足らずに井上は、何故か吉川の左腕を取り、そのシャツの袖で無造作に自分の目尻を拭い始めた。……ったく、と思いながらも吉川は、自分のデスク上にあったティッシュボックスに手を伸ばして、そのボックスごと井上に提供した……。

吉川は、井上がもう一発クシャミをしたら、掃除して仕舞ったばかりのパネルヒーターを引っ張り出そうと思っていた。エアコンだと風が肌を刺すばかりなのかな、と……。

様々な事柄がこの一年弱の期間に集中して、吉川の頭がパニック状態に陥ったことも度々だった。郷里の四国は香川に戻ろうかと迷い土俵際まで押し込まれ、気持ちに負けてしまいそうな瀬戸際も何度か体験した。しかし今は、自分の仕事場で、ドッシリと根を張って行けそうな気分である。そう言えば弟子入り以来の奮戦記執筆の話も、あの「青色出版社」から吉川に舞い込んで来ている。そして遠藤美代も、仕上がったらぜひ読ませてくださいねと、言っていた。

故郷四国での兄とのジュンサイ採りの再来は、さらにもっともっとだいぶ先の話になりそうだな……。そう思いつつ、吉川誠治は仕切りを隔てた自分のデスクに戻って、再び筆記用具を走らせ始めた。

（おわり）

# あとがき

小説や脚本の創作活動を、学生時代から続けているのですが、作品、特に脚本を作る際には必ず、テーマは何かということを、何処の学校でも何処の講座でも何処の先生に接してもおっしゃるはずです。何か言いたいことがあるからそれをドラマにすることが出来る訳で、目的も何もなしにドラマが出来上がる筈はない、とそれは私もまったく同感です。

しかしその一方で、今回の物語は確かにドラマ形式ではなく小説の形式だけれども、登場人物の小説家井上幹夫に内弟子吉川誠治……。そのテーマは何かと真正面から訊かれると、多少言葉が右往左往してしまいます。井上幹夫という小説家の人生や生き様を、弟子である吉川誠治を通す形で描いてはおりますが、まず最初に、たまたまこの物語、この本に接した人が、読んで楽しく面白いセリフや場面を沢山作りたい、と一途に考え通したのでした。井上幹夫は本当は立派なんだよなどと、そんなことを言いたいなんてカケラも考えてはおりません。人生に多少疲れているか、自分の生きる世界を斜めに見始めているかも知れぬ人達が、この文章を読んで、まあとにかくこれからも人生一生懸命にやってみるか……。こんな感じで、これから先にいいことがあるかも知れないな、位に元気を取り戻してくれればいいなと書き始めたのでした。もしそうであってくれれば、多少はこんな文筆業端くれの私であっても、世の中や皆さんのお役に立てるのでは、などと勝手に考えたりしていました。勿論舞台設定等は、それなりに時間をかけて考えもしました。井上幹夫の職業をどうしようだとか、弟子にしてくれよと押しかける吉川誠治の履歴をどのようにしようだとか、そういう細かな設定は取材しながら作っていった訳です。しかし、作品の幹の部分や根本の土台は、前述のいきさつに終始しております。

世の中生きていく上で、面白かったりおかしかったりして、笑顔で過ごすことが少しでもあれば、何とかやっていけるのではないだろうかと思い拡がり、元気の源、生活の水飲み場になるのではないか、と考えました。

この物語を作り上げるにあたり、相談に乗っていただいたパレード社編集の深田祐子様他皆様、そして、この物語を読んでくださいます皆々様に、深謝いたします。本当に、ありがとうございます。

また、学生時代にお世話になりました、故長谷川肇先生に、この作品を御贈りいたしたく存じます。先生、今でも毎日精一杯、頑張って前に進もうとしております。

二〇一九年（令和元年）秋

倉田周平

■著者略歴


## 倉田周平（くらた・しゅうへい）

本名・渡邉和彦
一九五五年三月、広島県福山市生まれの東京育ち。
早大理工学部応用化学科卒業。
総通東京デザインスクールコピーライティング専科卒業。
日本脚本家連盟育成会、日本中央文学会会友、
放送大学教養学部科目履習生等を経て文筆活動。
近代文芸社刊書籍出版及び、電子書籍出版あり。
一九九七年ＮＨＫ札幌シナリオ奨励賞
一九九八年コスモス文学会奨励賞
一九九九年ＮＨＫ広島シナリオ佳作受賞

# 新・言葉の奥底

2020年4月24日　第1刷発行
2023年10月10日　第2刷発行

著　者　倉田周平（くらた しゅうへい）

発行者　太田宏司郎
発行所　株式会社パレード
　大阪本社　〒530-0021　大阪府大阪市北区浮田1-1-8
　TEL 06-6485-0766　FAX 06-6485-0767
　東京支社　〒151-0051　東京都渋谷区千駄ヶ谷2-10-7
　TEL 03-5413-3285　FAX 03-5413-3286
　https://books.parade.co.jp
発売元　株式会社星雲社（共同出版社・流通責任出版社）
　〒112-0005　東京都文京区水道1-3-30
　TEL 03-3868-3275　FAX 03-3868-6588
装　幀　藤山めぐみ（PARADE Inc.）
印刷所　創栄図書印刷株式会社

『私鉄沿線』P33
『明日があるさ』P117、118
日本音楽著作権協会（出）許諾　第2001225-302号


ISBN 978-4-434-27259-2　C0093